살고 싶어서
더 살리고 싶었다

외과 의사가 된
어느 심장병 환자의 고백

살고 싶어서
더 살리고 싶었다

신승건 지음

위즈덤하우스

차례

3장 • 다시, 병원 속으로

의사가 아니라도 걱정 없도록

나는 와파린(warfarin)이라는 약을 먹고 있다. 이 약은 피를 굳지 않게 하여 혈전이 생기는 걸 방지한다. 이런 효능이 있는 약들을 혈액 항응고제라고 한다. 혈전은 피떡이라고도 하는데, 쉽게 말해서 피가 응고된 것을 말한다. 피의 응고는 상처가 났을 때 더 이상 피가 나지 않도록 하는 중요한 신체 반응이지만, 혈관 내에서 피떡이 생기면 혈관이 막혀버리기 때문에 치명적인 결과를 불러올 수 있다.

와파린을 쓰는 대표적인 예가 인공판막을 가지고 있을 때다. 심장에는 판막이라는 여닫이문 같은 구조가 있는데, 피가 한쪽으로 흐를 때는 열리지만 반대 방향으로 흐르려고 할 때는 닫히게 되어 있다. 심장의 왼쪽 부분이 몸 전체로 산소가 풍부한 피를 보내는 역할을 하고, 오른쪽 부분은 폐로 피를 보내 산소를 채우는 역할을 한다. 이러한 흐름에서 피가 한 방향으로 흐르는 것은 매우 중요하며, 그 역할을 맡고 있는 구조가 판막이다.

판막에 문제가 있을 때는 인공판막으로 교체하기도 한다. 인공판막은 주로 세라믹이나 합금으로 만들어진 구조물로 원래 판막의 기능을 대신한다. 하지만 여기에는 근본적인 한계가 있다. 아무래도 자연 상태의 판막과 비교했을 때 피의 흐름이 변하게 되는데, 이로 인해 혈전의 위험도 함께 증가할 수 있다. 이때 와파린은 피가 굳는 정도를 낮춰서 혈전이 생기는 위험을 미리 방지한다. 오늘날 와파린은 인공판막 수술을 받은 환자의 혈전 위험을 낮추는 목적으로 널리 쓰이고 있다.

나는 고등학교 1학년 겨울에 심장의 승모판을 인공판막으로 교체하는 수술을 받았다. 승모판은 심장의 왼쪽에서 피의 역류를 막는 판막이다. 나는 그 이후로 매일 밤 잠자리에 들기 전 와파린을 복용하고 있다.

와파린을 복용할 때에는 피가 얼마나 천천히 굳는지를 주기적으로 확인해야 한다. 이것을 의사들이 확인할 수 있도록 검사 결과로 나타낸 것이 INR이다. 보통 사람의 INR 값은 1이지만, 나의 INR 값은 2에서 3 정도가 되어야 한다. 이 말은 내 피가 보통 사람의 피보다 두세 배 정도 느리게 굳어야 한다는 것을 의미한다.

와파린은 꽤나 까다로운 약이다. 같은 양을 복용하더라도 몸 상태에 따라서 혈액의 굳기를 조절하는 정도가 달라진다. 심지어 술 한 잔을 마셔도 그 정도가 변한다. 음식도 많은 영향을 미치는 데, 특히 와파린과 반대 작용을 하는 비타민 K가 많은 음식을 조심해야 한다. 대표적인 것이 시금치 같은 녹황색 채소다. 청국장도 비타민 K가 풍부하게 들어 있는 음식이기 때문에 와파린을 복용하는 사람은 반드시 피해야 한다.

이처럼 일상생활에서 쉽게 마주칠 수 있는 수많은 상황들이 와파린에 영향을 미칠 수 있기 때문에, 나처럼 와파린을 복용하는 사람들은 적어도 3개월에 한 번은 혈액검사를 하여 혈액의 굳는 정도가 적절한 수준에 있는지 확인한다. 평소 나의 INR은 다소 기복이 있기는 하지만, 2에서 3이라는 목표 범위를 크게 벗어나지 않는 수준을 유지하고 있었다.

그날도 3개월마다 찾아오는 혈액검사 날이었다. 피검사는 1시간 정도의 시간이 필요하다. 피를 뽑고 측정 기계에 넣어서 결과를 얻는 데까지 그 정도의 시간이 걸린다. 그래서 나는 항상 진료 예정 시각보다 1시간 앞서 채혈실로 가서 피를 뽑고 진료실로 향한다. 진료실 앞 대기실 의자에는 언제나 많은 사람들이 기다린다. 진료실 문 앞에는 예약 시간과 환자 이름이 적혀 있는 종이가 붙어 있고, 외래 간호사는 쉴 새 없이 진료실 안의 컴퓨터와 진료실 밖의 대기 환자들을 오간다. 만약 예약 시간이 되었는데도 피검사 결과가 나오지 않는다면, 결과가 나올 때까지 일단 내 순서는 뒤로 밀린다.

예약 시간이 되었을 때 외래 간호사가 내 이름을 불렀다. 문을 열고 들어가자 흰 눈썹에서 인자함이 느껴지는 노 교수가 앉아 있었다. 그는 나를 갓난아기 때부터 봐온 윤 교수의 후임으로 내 진료를 맡고 있었다. 3개월마다 만나다 보니 이제는 길 가다가 만나도 알아볼 정도로 친숙해졌다. 공손히 고개 숙여 인사하고 초코파이처럼 생긴 진료실 의자를 다리 사이로 당겨 앉았다. 평소와 다를 바 없는 진료 시간이었다. 적어도 그때까지는 그랬다.

노 교수가 모니터의 환자 목록에서 내 이름을 클릭하고 검사 결과를 열어보았다. 검사 결과를 훑어보던 그가 갑자기 눈을 크게 뜨고 모니터 쪽으로 얼굴을 가까이 가져갔다. 그 행동이 무엇을 의미하는지 알아채는 데는 그렇게 오래 걸리지 않았다. 오늘 날짜 옆에 기록된 INR 값이 무려 7을 넘었기 때문이다. 셀 수 없이 여러 번 병원을 오가는 동안 그렇게 높은 수치는 처음이었다. 내가 유지해야 할 INR 적정 수치는 2에서 3 정도다. 그런데 7이라니. 이게 사실이라면, 피가 굳는 정도가 심각하게 떨어져 있다는 의미다. 만약 실수로 옆구리를 책상 모서리에 부딪히기만 해도 걷잡을 수 없는 출혈이 생길 수 있는 무척 위험한 상태였다.

노 교수도 사뭇 긴장한 듯했다. 하지만 내가 느끼는 감정은 그가 느끼는 것과 차원이 달랐다. 바로 나의 일이었기 때문이다. 지금 INR이 7로 치솟은 것은 다른 누구의 일이 아닌 나 자신의 일이었다. 의사와 환자는 환자의 회복이라는 같은 목표를 향해 달려가지만, 의사는 어디까지나 보조자일 뿐이다. 실제로 잘못되었을 때의 위험과 그 위험에서 오는 공포는 오롯이 환자가 감당해야 할 몫이다.

애써 평정심을 유지하며 원인이 무엇일지 생각해보았다. 하지만 아무리 생각해도 INR이 치솟을 이유가 없었다. 평소와 비슷한 생활 방식을 유지하고 있었고, 약도 잘 챙겨 먹었다. 멍이 더 쉽게 들거나 하지도 않았다. 하지만 모니터에 뜬 숫자는 다른 이야기를 하고 있었다. 노 교수는 나더러 일단 응급실로 가라고 했다. 나는 외래 진료실을 나와서 옆 건물의 응급실로 향했다. 혹시라도 뛰다가 혈압이 올라서 혈관이 터지면 걷잡을 수 없는 상황으로 이어질 수도 있었다. 나는 불안함이 빠른 걸음으로 이어지지 않도록 마음을 가라앉히며 응급실 안으로 들어갔다.

응급실이 그처럼 시간이 천천히 흐르는 곳인지 그때 처음 알았다. 내 몸에 시한폭탄이 들어 있을지 모르는데, 응급실에 있는 의료진들은 전혀 폭탄 처리반처럼 보이지 않았다. 그 의료진들

나름대로 우선순위를 정해서 일하고 있다는 걸 모르는 게 아니었다. 하지만 의사의 눈으로 보던 응급실과 환자의 눈으로 보는 응급실은 전혀 다른 곳이었다.

한참을 기다린 끝에야 겨우 침대를 배정받았다. 그리고 또 얼마간 기다리고 있으니 드디어 응급실 담당 의사가 왔다. 상황을 파악하기 위한 몇 가지 질문을 주고받았고, 의사는 내가 하는 말을 차트에 열심히 받아 적었다. 그 의사는 뭔가를 골똘히 생각한 끝에 내게 다시 혈액검사를 해보자고 했다. 혈액검사 결과가 잘못되었을 수도 있다는 게 그 이유였다. 나도 그 의사의 생각에 일리가 있다고 생각했고, 그렇게 하자고 했다.

하지만 다음에 이어진 그 의사의 말에 나는 동의할 수 없었다. 그 응급실 의사는 INR 값이 높으니 일단 비타민 K를 투여하자고 했다. 앞서 말했듯 비타민 K는 와파린과 반대 작용을 한다. 따라서 피가 잘 굳게 하는 효과가 있다. 나는 그 의사에게 말했다.

"만약 선생님 말씀대로 혈액검사 오류의 가능성이 있다면, 지금 비타민 K를 쓰는 건 그렇게 좋은 방법이 아닌 것 같습니다."

그 응급실 의사가 난감한 듯한 표정을 지으며 대답했다.

"그렇다면 지금은 아무것도 해드릴 것이 없습니다."

사실 틀린 말은 아니었다. 그 상황에서 인턴 아니면 레지던트쯤 되어 보이는 그 의사가 나에게 해줄 수 있는 일은 없었다. 그래서 내가 역으로 대안을 제시했다.

"어차피 한 시간이면 재검사 결과가 나올 테니까, 그 결과를 보고 결정하도록 하지요."

그 의사는 내 말에 수긍하고 돌아갔다. 그리고 한 시간 후 두 번째 혈액검사 결과를 들고 다시 돌아왔다. 새로 측정한 INR 값은 2.7이었다. 와파린 복용의 적정 범위 안에 있었다. 약물이 몸속에서 절반으로 줄어드는 데 걸리는 시간을 반감기라고 하는데, 와파린의 반감기는 하루에서 이틀 정도 된다. 그러므로 아무것도 안 한 상태로 한 시간여 만에 INR이 7에서 2.7로 줄어드는 일은 있을 수 없었다. 두 번의 검사 결과 가운데 하나는 분명히 잘못된 것이었다. 어쩌면 두 결과 모두가 틀린 것일 수도 있었다.

나는 잠시 고민에 잠겼다. 나는 이제까지 그래왔던 것처럼 앞으로도 이 병원을 믿고 다니고 싶었다. 그런데 한 시간의 간격을 두고 나온 서로 공존할 수 없는 두 개의 검사 결과는 내가 앞으로 이 병원을 믿고 다녀도 되겠는지 걱정스럽게 묻고 있었다.

거기에 답하는 방법은 단 하나, 왜 이런 일이 일어났는지 그 원인을 짚고 넘어가는 것뿐이었다. 그래서 다시는 같은 일이 반복되지 않도록 해야 했다. 그러나 현실은 말처럼 쉬운 게 아니었다. 무엇보다도 앞으로 계속 다녀야 할 병원과 불편한 관계가 되는 것은 환자로서 크게 부담이 되는 일이었다. 더군다나 나처럼 흔치 않은 병이 있어서 선택의 여지가 없는 경우에는 더욱더 그렇다.

하지만 바로 그 이유 때문에, 여기가 내가 환자로서 기댈 수 있는 단 하나의 병원이기 때문에 다른 방법이 없었다. 이런 일이 벌어진 이유를 밝히는 것만이 이 병원을 향한 나의 오랜 믿음을 지켜낼 수 있는 유일한 길이었다. 결국, 나는 병원의 불만 접수 창구를 통해서 정식으로 문제를 제기했다.

문제의 원인을 찾기 위한 조사가 진행되었다. 그리고 곧 그 이유가 밝혀졌다. 첫 번째 혈액검사를 담당한 의료진이 혈액검사 기계의 보정을 하지 않은 것이다. 저울에 비유하자면, 아무것도 올려놓지 않은 상태에서 눈금이 0을 가리키는 것을 확인해야 하는데, 그렇지 않은 상태로 무게를 잰 것이다. 혈액검사를 담당하는 진단검사의학과의 잘못이었다.

하지만 이후 이어진 상황은 나에게 더욱 큰 실망감을 느끼게 했다. 검사 오류에 책임이 있는 진단검사의학과 의사는 문제를 축소하려고만 했다. "그럴 수도 있는 일"이라느니, "결과적으로 문제가 없지 않았냐"라느니, 환자로서는 도저히 받아들일 수 없는 이야기를 이어갔다. 나는 의료진의 이러한 태도의 밑바닥에 깔린 심리가 무엇일지 생각해보았다. 아마 내가 작은 꼬투리라도 잡아서 자기를 곤혹스럽게 할 거라는 우려 때문인 것 같았다. 알고 보면 그런 상황에서 환자들이 보여주는 집요함은 '실수조차 인정하지 않는 의료진의 경직된 태도'에서 비롯된 것인데 말이다.

그런데 얼마 후 그 의사는 자신의 잘못을 인정하고 나에게 정식으로 사과했다. 그가 마음을 바꾸게 된 동기가 무엇이었는지는 모르겠다. 일이 더 커지는 것에 부담을 느꼈을 수도 있고, 내가 악감정을 품고 있지 않다는 걸 느꼈을 수도 있다. 아니면 여러 가지 이유가 함께 작용한 것이었는지도 모른다. 그 이유가 무엇이든 사과를 결심한 것은 서로에게 다행이었다.

나는 내가 겪은 일에 대해서는 더 이상 책임을 묻지 않기로 했다. 하지만 그게 끝은 아니었다. 아직 해야 할 일이 남아 있었다. 사실 이제부터 해야 할 일이 사과를 받는 것보다 훨씬 중요했다. 나는 진단검사의학과 의사의 눈을 바라보며 이렇게 말했다.

"선생님의 사과는 받아들이겠습니다. 하지만 지금 저에게 사과하시는 것보다 훨씬 시급한 일이 있습니다. 저와 비슷한 시기에 검사를 받은 이들 가운데, 기계 오류로 잘못된 혈액검사 결과를 얻은 이들이 분명히 더 있을 겁니다. 최대한 빨리 그분들을 찾아서 문제가 없는지 확인해주세요."

그리고 그제야 내가 의사임을 처음으로 밝히며 말을 이었다.

"사실 저는 의사입니다. 그러니 이런 일을 바로잡을 수 있었는지 모릅니다. 하지만 이번 일이 의사가 아닌 이들에게 일어났다면 영문도 모르고 사고로 이어질 수 있는 상황입니다. 아마 제가 말하지 않아도 선생님 스스로 잘 아실 겁니다. 앞으로 이런 일이 다시 없도록, 환자들 한 분, 한 분에게 관심을 갖고 일해주시기를 진심으로 당부드립니다."

진단의학과 의사는 잠시 생각에 잠긴 듯 고개를 끄덕거린 뒤 천천히 대답했다.

"네. 꼭 그렇게 하겠습니다."

이후의 일은 그의 대답처럼 잘 처리되었다. 3개월 후 다시 만난 노 교수도 평소처럼 차분하게 나를 살펴주었다. 그렇게 모든 것은 일상으로 돌아갔다. 하지만 그날 응급실에서 겪은 일은 나에게 결코 잊지 못할, 아니 잊어서는 안 될 한 가지 질문을 남겼다.

이 세상에는 의사보다 의사가 아닌 사람이 훨씬 더 많다. 의사를 가족으로 둔 사람보다 그렇지 않은 사람이 더 흔하다. 나는 의료라는 영역에 있어서만큼은 그 대부분의 사람들도 그렇지 않은 극소수의 사람들과 다르지 않아야 한다고 믿는다. 왜냐하면 건강하고 싶은 마음은 인간의 가장 기본적인 욕구이자 권리이기 때문이다.

이 일을 겪은 후, 나는 환자들을 볼 때마다 마음속으로 스스로에게 질문을 던진다. 내 가족이 환자라도 이렇게 하겠는지. 내가 환자라면 이런 대우를 받고 싶은지. 먼 훗날 언젠가 내가 의사로 살아온 날들을 되돌아볼 때, 그 질문에 대해서만큼은 한 치의 망설임 없이 그렇다고 답하고 싶다.

의사가 아닌 이들이 의사가 아니라도 걱정 없도록.

1장.

심장병 어린이의 꿈

사람들은 선생님이라고 하면

교실에서 교편을 잡고 있는 선생님을 먼저 떠올리겠지만,

나는 진료실에서 흰옷을 입고 앉아 있는 선생님을

가장 먼저 떠올렸다.

1

학교보다
병원이 익숙한 아이

저마다의 마음속에 아련하게 남아 있는 기억이 있다. 어릴 적 살던 아파트 단지 곳곳의 익숙한 길들, 친구들과 잠자리채를 들고 곤충들을 잡으러 뛰어다니던 동네 뒷산, 설날 세뱃돈으로 조립식 프라모델을 사러 달려가던 문방구. 이제는 돌아가고 싶어도 돌아갈 수 없는 시간에 속한 공간들이다. 특히 나처럼 어릴 때 살던 곳이 지금 사는 곳과 멀리 떨어져 있다면, 그곳은 꿈결 같은 기억 속의 먼발치에서나 바라볼 수 있다.

아련한 그리움은 언젠가 한번, 그곳을 다시 찾아가보고 싶다는 막연한 바람으로 이어진다. 하지만 바쁜 일상 속에서 이를 행동으로 옮기는 건 생각만큼 쉽지 않다. 그래서 언젠가 해보고 싶은 일이란 대개 언제가 되어도 할 수 없는 일이 되는 법이다.

그러다가 한번은 무슨 바람이 들었는지 예전에 살던 동네들을 한 바퀴 돌아본 적이 있다. 주말에 평소처럼 집에서 뭉개고 있을 게 아니라, 오랫동안 미뤄왔던 숙원을 해결해보기로 했다. 이번에는 생각만 하고 말 것이 아니라 정말 행동으로 옮겨보자는 엉뚱한 오기가 생겼던 듯하다. 우선 가까운 동사무소에 설치된 무인 민원 발급기에서 주민등록등본을 뽑았다. 거기에는 유년 시절 기억 속의 장소들이 어른의 주소로 적혀 있었다.

차를 몰고 어릴 적 살던 동네를 구석구석 돌아다녔다. 시간의 흐름만큼 많은 것이 변해 있었다. 30여 년 전에 자전거를 타고 누비던 아파트 주차장은 자동차 핸들을 꺾기에도 조심스러울 정도로 좁았고, 등에 책가방을 메고 한 손에는 신발주머니를 들고 오가던 등굣길은 그때 그 길이 맞나 싶을 정도로 짧게 느껴졌다. 없는 게 없던 학교 후문 문방구는 여전히 같은 자리를 지키고 있었지만, 이제 그곳에 내가 살 만한 물건은 없어 보였다. 해가 질 무렵, 차를 돌려서 내가 서너 살 무렵 살던 아파트 앞에 잠시 멈추었다. 부모님 집에 오래된 접착식 앨범이 하나 있는데, 거기 붙어 있던 사진에서 본 적이 있는 장면이 눈에 들어왔다. 차에서 내려 현관으로 올라가는 계단을 바라보았다. 언젠가 아주 오래전, 여기를 오르내렸을 한 어린아이의 모습이 보였다. 그 아이는 수십

년 후 어른이 된 자신이 차를 몰고 다시 여기를 찾아올 거라고 상상이나 했을까.

오랜 기억처럼 그때의 나와 지금의 나를 이어주는 게 한 가지 더 있다. 승건, 아버지가 직접 지어준 이름이다. '승'은 '잇는다'는 뜻으로 '承'이라고 쓴다. 친동생과 사촌 동생들이 함께 쓰는 돌림자다. '건'은 '굳세다'는 의미의 한자로 '健'이라고 쓴다. '건강하다'고 할 때의 '건'이다. 뜻을 풀어보면 '건강함을 잇는다'가 된다. 나중에 커서 출세하지 않아도 되고 돈을 많이 벌지 않아도 괜찮으니까, 그저 건강하게만 살아가라는 기대가 담겨 있는 이름이다.

건강하기를 바라는 기대. 하지만 기대라는 감정은 홀로 존재하지 않는다. 기대는 그것이 애써 극복하고자 하는 근심의 존재를 투영한다. 기대와 근심은 물을 반쯤 채운 유리컵을 바라보는 두 개의 다른 관점이다. 한편에 근심이 해결될 거라는 기대가 있다는 건, 또 다른 한편에 기대가 무너질지도 모른다는 근심이 있다는 뜻이다.

기억조차 희미한 아주 어릴 때부터, 나는 어머니의 손에 이끌려 대학로 옆에 있는 대학병원에 다녔다. 진료일이 언제인지, 어디로 가야 하는지, 내가 아는 것은 없었다. 그저 이 큰 병원에 있는 훌륭한 의사 선생님이 나를 아프지 않게 해준다기에 때가 되면 어머니 손에 이끌려 병원을 찾았다. 사람들은 선생님이라고 하면 교실에서 교편을 잡고 있는 선생님을 먼저 떠올리겠지만, 나는 진료실에서 흰옷을 입고 앉아 있는 선생님을 가장 먼저 떠올렸다. 새끼 오리가 알에서 깨어나 처음 마주한 존재를 엄마라고 믿고 따르듯, 내가 가장 먼저 그리고 자주 만난 선생님은 학교 선생님이 아닌 의사 선생님이었다.

나는 세 살이 되던 해에 처음으로 심장 수술을 받았다. 태어날 때부터 대동맥이 좁아서 그걸 바로잡아주는 수술이었다고 한다. 그 수술 흉터는 지금도 왼쪽 옆구리 아래에 조그맣게 남아 있다. 그때는 내가 무척 어릴 때라서 그런 상황의 의미를 제대로 이해할 수조차 없었다. 병원에 가면 가는가 보다 했다. 매일 저녁 어머니가 우윳빛 포장지에 담긴 가루약을 입에 털어 넣어주면, 그 약이 뭔지는 몰라도 내가 삼켜야 하는 것이구나 했다. 기억하기로 그나마 다행인 것은 그 약이 별로 쓰지는 않았다는 점이다. 날마다 먹어야 할 약이 쓰기까지 했다면 참 쉽지 않았겠다 싶다.

나에게 주어진 운명의 무게를 처음으로 실감한 건 국민학교* 4학년 봄이었다. 열 번째 생일 무렵 두 번째 수술을 받기 위해 병원에 입원했다. 전신마취를 하고 가슴을 여는 수술을 받았다. 사

---

* 국민학교는 1996년 3월 1일에 초등학교로 명칭을 변경했다. 이 글의 배경이 되는 시기에는 국민학교라는 명칭이 사용되었다.

실 가슴을 연다는 표현은 지나치게 서정적이다. 실상은 흉골을 톱으로 썬 다음, 갈비뼈를 좌우로 젖혀서 심장을 들여다보며 잘못된 곳을 바로잡는 일련의 과정이었다. 약 7시간 가까이 걸린 긴 수술이었다고 한다. 그로부터 몇 살 더 나이를 먹고 나서야 내가 받은 수술이 좁아져 있는 심장판막을 넓히는 수술이었다는 걸 알게 되었다. 그로부터 6년 후, 고등학교 1학년 겨울에 한 번 더 가슴을 열었다. 그때는 판막을 아예 인공으로 교체했다. 그리고 이날 이때까지 그럭저럭 한 사람 몫을 하면서 살고 있다.

사람들은 내게 말한다. 어려서 큰 수술을 받느라 참 힘들었겠다고. 한 번도 아니고 세 번이라니, 보통 일이 아니었겠다고. 하지만 내가 가장 힘들었던 것은 사실 그런 게 아니었다. 어린 몸으로 수술받는 게 힘들지 않았다면 거짓말이겠지만, 어쨌든 그것은 잠깐 겪고 나면 될 일이었다. 그보다 더욱 마음을 무겁게 한 것은 조금 다른 것들이었다.

그때까지 학교는 절대 빠지면 안 되는 곳인 줄 알았다. 공부 욕심은 없었지만, 개근상 욕심은 있었다. 하지만 심장 수술을 받느라고 한 달 가까이 학교에 가지 못했다. 같은 반의 50여 명 가운데 그렇게 오랫동안 학교를 빠지는 아이는 나밖에 없다는 걸 알게 되었다. 그때 처음으로 내가 뭔가 남들과는 다른 길을 걷고 있다는 걸 깨닫기 시작했다.

가슴에 새겨진 흉터도 큰 변화였다. 두 번째 수술을 마치고 중환자실에서 눈을 떴을 때, 가슴 중앙에 세로로 긴 뭉치의 거즈가 고정되어 있었다. 소독할 때 내려다보니, 까만 실밥이 삐죽삐죽 튀어나온 한 뼘 길이의 기다란 상처가 드러났다. 시간이 흘러서 실밥을 뽑고 어느 정도 아물자 그 모습은 흡사 부드러운 지렁이 한 마리가 누워 있는 것 같았다. 목 아래의 움푹 들어간 곳부터 명치까지 자리 잡은 이 연분홍색 지렁이는 그날 이후 남들에게 숨기고 싶은 가장 큰 비밀이 되었다.

심지어 세 번째 수술 후에 이 지렁이는 조금 더 살이 올랐다. 같은 부분을 다시 열었기 때문이다. 처음 지렁이를 만났던 때만큼 놀라지는 않았지만, 사람들에게 숨기고 싶은 마음은 조금도 변치 않았다. 아무리 더운 여름에도 헐렁한 티셔츠를 입지 않았고, 와이셔츠를 입을 때면 반드시 하얀 라운드 티를 받쳐 입었다. 수영장은 당연히 기피 장소 1순위였다. 어쩔 수 없이 수영장에 가야 하는 상황에서는 사람들 앞에 나서기 전 심호흡을 해서 마음을 가다듬었다.

부디 오해하지는 않았으면 좋겠다. 내가 이런 이야기를 소개하는 건 동정심을 구하기 위해서가 아니다. 세상 사람들로부터 어떤 배려나 그 비슷한 것을 얻어낼 생각은 추호도 없다. 나는 이미 얻을 것보다 나눠야 할 것이 많은 사람이다. 이 사회에서 배려를 받기보다 남들을 더 배려해야 하는 입장에 서 있다. 내가 힘들었던 과거를 세상에 드러내는 데에는 그보다 더 큰 목적이 있다. 나에게는 지나간 일이지만, 누군가에게는 지금 이 순간의 일이다. 그들이 살아가야 할 삶에 대한 관심과 이해를 당부하고 싶다.

아픈 이들이 직접 느끼는 것과 옆에서 짐작하는 것 사이에는 실로 큰 차이가 있다. 주변 사람들은 아픈 이가 겪어야 할 질병의 고통과 그 치료의 고단함을 생각하며 위로한다. 고맙고 아름다운 일이다. 하지만 기왕이면 한발 더 나아가서, 아픈 사람들에게는 또 다른 고민이 있다는 점도 생각해보면 좋을 듯싶다. 아픈 이들은 질병 그 자체 못지않게, 심지어는 죽을지도 모르는 상황 앞에서도, 자신이 여타 사람들과 다른 존재로 받아들여지는 것을 두려워한다. 우리가 환자라고 부르는 이들도 결국은 사회 안에서 어울리며 살아가고 싶어 하는 똑같은 하나의 인간이기 때문이다. 내가 직접 겪어보니 그랬다.

그 시간 속에서

어린 내가 마음대로 좌우할 수 있는 것은 아무것도 없었다.

그래서 더욱더 내 삶에서

흔들리지 않는 무언가를 찾으려고 했는지도 모르겠다.

내가 앞으로 살고 싶은 삶은 어떤 것인가.

앞으로 나는 어떤 사람이 되어야 하는가.

2

나도 살고 싶은 삶을
살 수 있을까

　　나는 서울 잠실에서 태어났다. 지금 우리나라에서
제일 높은 빌딩이 있는 곳의 바로 옆이 내 고향이다. 하지만 그곳
에서 오래 살지는 않았다. 서너 살 무렵 잠실에서 그리 멀지 않은
강동구로 이사를 가게 되었다. 아버지가 은행원이었는데, 은행
사택으로 마련한 강동구 길동의 아파트였다. 그리고 그 동네에서
유년 시절의 대부분을 보냈다.
　　지금 손가락으로 햇수를 세보니 전부 다 합쳐봐야 10년 내외
의 시간이다. 최근의 10년은 정말 눈 깜짝할 사이에 지나가버린
것 같은데, 그 시절 10년은 참 아득하리만치 길게 느껴진다. 그
시절이 그토록 길게 느껴지는 건 이사를 숱하게 다닌 탓도 있을

것이다. 전세살이를 하느라 같은 동네 안에서 여러 차례 이사를 다니며 살았다. 주로 살고 있던 아파트의 옆 단지로, 그리고 또다시 바로 옆 단지로 이사 다니기를 거듭했다.

얼마나 자주 이사를 다녔는지 한번은 이런 일도 있었다. 한 동네에서만 내리 살며 12살 무렵이 되었을 때, 아버지가 지방으로 발령을 받아서 수원으로 이사를 가게 되었다. 그래서 나도 다니던 학교를 떠나 수원에 있는 학교로 전학을 가야 했다. 이제껏 여러 번 이사를 다녔지만 학교를 옮기는 건 처음 겪는 일이었다. 이사를 떠나기 하루 전, 같은 반 친구들과 아쉬운 작별 인사를 나누었다. 그리고 그다음 날 새로 다니게 될 수원으로 전학을 갔다. 그 또래의 아이들이 대체로 그렇듯 얼마 안 가서 새로운 환경에 익숙해졌다.

그렇게 수원에서 1년이 지났을 때였다. 아버지가 다시 발령을 받아 서울로 돌아오게 되었고, 그에 따라 나도 원래 서울에서 다니던 학교로 돌아왔다. 앞으로 영영 보지 못할 거라 생각했던 친구들 앞에 1년 만에 전학생이 되어 다시 서게 된 것이다. 그때 나는 한 가지 중요한 교훈을 얻었다. 사람의 앞일이란 모르기에 함부로 미래를 예단해서는 안 된다는 것이다. 그리고 지금 누군가와 헤어지더라도 언제 어떤 모습으로든 다시 만날 수 있는 것이기에 뒷모습이 아름다운 사람이 돼야겠다고 다짐했다.

학창 시절, 나는 또래들 사이에서 그렇게 존재감이 있는 아이는 아니었다. 그도 그럴 것이 몸은 약하고 성격은 소심했다. 담배를 피운다거나 술을 마시는 일은 상상도 못했고, 그 흔한 오락실도 가지 않았다. 지금이나 그때나 컴퓨터 게임에는 별로 흥미가 없었다. 그렇다고 딱히 공부에 소질이 있는 것도 아니었다. 교과목 선행학습은 고사하고, 영어도 중학교 들어가서 정규 과목으로 처음 접했다. 때때로 공부를 해보고 싶은 마음도 없지는 않았으나, 숱하게 이사를 오가며 어수선한 가운데 생각처럼 되지 않았다. 그나마 가장 열심히 했을 때 반에서 10등 정도는 갔을까. 쉽게 말해, 옆에서 보면 있는지 없는지 모를 딱 그 정도의 아이였다.

내가 중학교 3학년으로 올라갔을 때, 우리 가족은 서울에서 용인 수지로 이사를 갔다. 90년대 중반, 용인 수지는 한창 신도시로 개발되던 곳이다. 지금은 아파트 숲이 들어서 있지만, 당시에는 아파트를 짓기 위한 지반 공사가 한창이어서 곳곳마다 흙더미가 쌓여 있었다.

당시 우리 가족은 아파트 전세살이를 끝내고 자가 주택에서 살아보겠다는 생각으로 택지를 분양받아서 집을 지었다. 원래는 지붕이 세모난 전원주택을 꿈꿨으나, 현실에 맞추다 보니 네모반듯한 3층짜리 연립주택이 되었다. 1층과 2층은 각각 반으로 나눠서 세를 주고, 3층과 옥상은 우리 가족이 썼다. 옥상에 옥탑방을 하나 만들었는데 이걸 내 방으로 쓰기로 했다. 옥탑방이라고 하면 뭔가 초라하게 느껴질지도 모르겠지만, 실은 꽤 아늑하고 좋았다. 나는 이 방을 얻은 덕분에 비로소 공부에 전념할 수 있는 공간을 얻었다.

중학교 3학년을 시작하는 첫날, 전학 절차를 밟기 위해 집 근처의 중학교 교무실을 찾았을 때였다. 아직 새 옷 냄새가 나는 교복을 입고 어머니, 동생과 함께 복도를 지나고 있는데, 창문에 바짝 붙은 아이들이 신기하게 쳐다보는 게 느껴졌다. 그 아이들 중에서 누군가 "큭, 넥타이를 매고 있어"라고 말했다. 속으로 생각했다. '아, 여기서는 넥타이를 매면 안 되는구나.' 나는 곧바로 넥타이를 풀어서 가방 안에 쑤셔 넣었다. 그리고 그날 이후로 졸업할 때까지 다시는 넥타이를 매지 않았다.

새로 들어가게 된 중학교는 서울에서 다니던 중학교와 비교했을 때 분위기가 사뭇 달랐다. 그곳에는 신도시 개발붐을 타고 서울에서 전학을 온 나 같은 아이들뿐 아니라, 바로 그 개발붐으로부터 밀려나 삶의 터전을 잃어버린 아이들도 있었다. 중국집 배달을 시켰는데 같은 반 아이가 오토바이를 타고 배달해준 적도 있었고, 주말에 아버지와 뒷산을 올라가다가 몰래 숨어서 담배를 피고 있는 옆 반 아이와 마주치기도 했다. 지금이야 그 아이들의 미래에 대해서도 한 번쯤 걱정하고 넘어가는 어른의 입장이 되었지만, 그때만 해도 마주치는 것조차 조심스러웠다. 굳이 비유하자면 그 시절 사춘기 아이들의 세계는 약육강식의 법칙이 지배하는 정글의 느낌이었다.

전학을 오고 며칠 지나지 않아 그 느낌은 현실로 눈앞에서 벌어졌다. 교복 옷깃을 한껏 세우고 와이셔츠 앞 단추 서너 개를 풀어헤친, 얼핏 봐서는 학생인지 건달인지 구분이 가지 않는 아이들 서너 명이 쉬는 시간 도중 교실에 난입해서 뒷자리에 앉은 아이들 몇 명을 교실 뒤로 끌고 나가 엎드리라고 했다. 그리고는 교실 한편에 세워져 있던 대걸레에서 자루를 뽑아 끌려 나온 아이들의 허벅지를 사정없이 후려치기 시작했다. 이유인즉슨 자기들이 가출한 곳을 선생님에게 일러바쳤다는 것이었다. 나는 교실 반대편에서 그 장면을 넋이 나간 채 지켜보았다. 그리고 곧 정신이 번쩍 들었다. 지금 가장 중요한 건 어떻게든 여기서 무사히 1년을 보내고 졸업하는 거라는 생각이 들었다. 자칫하다가는 이후 내 인생이 별로 재미가 없어질 것 같은 공포감이 엄습했다.

그날 이후 나는 카멜레온이 되었다. 일단, 공부밖에 모르는 안경 낀 모범생으로 철저하게 변신했다. 마침 운 좋게 중학교 3학년 처음 친 시험에서 성적이 꽤 괜찮게 나왔다. 서울에서는 반에서 10등도 어려웠지만, 수지에서는 반에서 2등으로 시작했다. 솔직히 기대조차 못한 성적이었다.

그러면서 전에는 몰랐던 재미있는 사실을 하나 알게 되었다.

어느 집단이든지 양극단에 있는 부류는 서로에 대한 경외심 비슷한 감정을 느낀다는 점이다. 자신에게 없는 것에 대한 동경 때문인지도 모르겠다. 당시 학교에서 싸움을 제일 잘하던 녀석은 적당히 반듯해 보이던 나에게 공부에만 전념하라고 당부했다. 나중에 자기들이 선생님들에게 혼날 일이 있을 때 변호해달라는 것이었다. 곰곰이 생각해보니 그 제안을 거절할 이유가 없었다. 나는 그렇게 친구들이 사고를 치면 적당히 선생님과 중재도 해주면서, 정글 안에서 내 나름의 대체 불가능한 역할과 위치를 잡아갔다.

집에 가면 조용히 공부할 수 있는 옥탑방이 있었고, 학교에서는 싸움 1등과 그의 친구들이 내가 오로지 공부에만 전념할 수 있도록 우산을 자처해주었다. 그 대신 나는 그들이 문제를 일으켰을 때 선생님들 앞에서 우산이 되어주었고, 그러기 위해서라도 더욱더 공부에 전념했다. 결국 나는 여름방학 직전에 전교 1등을 찍었다. 난생처음 해보는 전교 1등이었다.

그 무렵 부모님이 고등학교 소개 책자를 하나 가져왔다. 거창고등학교라는 곳인데, 이른바 열린 교육을 내세우는 곳이라고 했다. 다른 건 모르겠고, 딱 두 가지에 마음을 완전히 뺏겨버렸다. 첫 번째는 기숙사 학교라서 학원을 갈 필요가 없다는 점이었는데 그게 참 괜찮아 보였다. 그리고 두 번째로 첫눈이 오는 날 전교생이 수업을 접고 학교 소유의 과수원으로 토끼를 잡으러 간다는 소개였다. 꽤 흥미로웠다. 그날 이후로 나는 거창고등학교를 목표로 진학을 준비했다.

시간이 흐른 후 입학 상담을 받으러 거창고등학교로 향했을 때였다. 학교가 위치한 경상남도 거창군 거창읍 중앙리는 우리나라 어디를 가나 쉽게 볼 수 있는 전형적인 농촌 마을이었다. 길거리에는 5층이 넘는 건물이 드물었고, 차를 타고 가다가 창문을 내리면 그윽한 소똥 냄새가 밀려 들어왔다.

학교는 읍내에서 지대가 높은 곳에 자리 잡고 있었다. 학교에 도착해서 가장 먼저 마주한 것은 교문조차 없는 허름한 입구였다. 분위기가 예사롭지 않았다. 하지만 그보다 더 놀라운 것이 있었다. 입구에서 추리닝 차림으로 휴지를 줍고 있는 할아버지에게 길을 물어 교무실로 갔는데, 나중에 알고 보니 그 할아버지가 교장 선생님이었다. 여느 제도권 고등학교하고는 조금 다른 곳이라는 인상을 받았다.

당시 거창고등학교의 한 해 입학 정원은 190여 명 정도였다. 그런데 다른 지역과 동시에 시험을 치기 때문에 만약 거창고등학교에 지원해서 떨어지면 고등학교 입학을 재수해야 했다. 그것은 당사자에게 말처럼 쉬운 일이 아니었다. 고입 재수는 대입 재수와 그 무게감이 달랐다. 빈도에서도 그렇고 그걸 감당해야 할 학생의 나이도 그랬다. 그래서 학교에서는 입학 당시부터 합격할 수 있을 만한 아이들에게만 지원을 권한다고 했다.

하지만 시험을 치기도 전에 누가 붙고 누가 떨어질지는 알 수 없는 일이다. 어쩔 수 없이 지원자 수는 입학 정원을 약간 넘어섰다. 입학시험을 치고 당일에 합격자 발표가 나왔다. 다행히 내 이름은 합격자 명단에 있었다. 그런데 옆을 보니 어떤 아이 하나가 어깨를 늘어뜨린 채 부모와 함께 지나가고 있었다. 그때 처음으로 나의 기쁨이 누군가에게는 슬픔일 수 있음을 보았다.

전국 각지에서 모인 거창고등학교 신입생 대부분은 입학과 동시에 기숙사 생활을 시작했다. 기숙사 방은 무릎 높이의 평상이 절반을 차지하고 있었고, 안쪽으로 개인당 하나씩 배정된 목제 사물함이 일렬로 놓여 있었다. 그 위로 각자 쓸 이부자리를 개서 올려야 했다. 한 사람당 폭 50cm에 길이 2m 정도의 개인 공간이 주어졌다. 흔히 '군대 내무반' 하면 떠올리게 되는 모습과 크게 다르지 않았다.

기숙사 방 하나에 10명이 들어갔는데, 비슷한 지역에서 온 친구들끼리 같은 방을 배정받았다. 학생들의 타지 생활 적응을 돕기 위해서 학교 측이 나름대로 고심한 결과였다. 어떤 방에는 서울에서 온 아이들이, 또 다른 방에는 부산에서 온 아이들이 모여 있었다.

나는 경기도에서 온 친구들과 같은 호실을 쓰게 되었다. 기숙사에 짐을 풀고 같은 방에 들어온 이들의 얼굴을 찬찬히 둘러보왔다. 아직 중학생 티를 벗지 못한 아이들이 멋쩍은 표정으로 서로 무슨 말을 해야 할지 망설이고 있었다. 나와 함께 앞으로 3년 동안 거창고등학교에서 동고동락할 얼굴들이었다.

거듭된 이사와 전학, 급기야 집에서 멀리 떨어진 기숙사 고등학교로의 진학까지, 나의 학창시절을 돌아보면 어느 한 곳에 진득하니 머물지 못하던 시절이었다. 친구들과 정이 들려고 하면 떠나야 했고, 떠났다가도 다시 돌아와야 했다. 새로운 동네와 학교에서 새로운 사람들을 만나면 또다시 적응해야 했다.

그 시간 속에서 나이 어린 내가 마음대로 좌우할 수 있는 것은 아무것도 없었다. 그래서 더욱더 내 삶에서 흔들리지 않는 무언가를 찾으려고 했는지도 모르겠다. '내가 앞으로 살고 싶은 삶은 어떤 것인가.' '앞으로 어떤 사람이 되어야 하는가.' 부디 언젠가는 이 질문들에 대한 답을 찾을 수 있기를 바랄 뿐이었다.

나는 여기서 환자가 되어
수액들을 팔에 주렁주렁 매달고
생사를 가르는 수술을 기다리고 있는데,

같은 시각 바로 길 건너에서는
의대생들이 책상에 앉아 공부하고 있었다.
갑자기 나는 그들이 있는 그 세상으로 들어가고 싶었다.

3

그날의
약속

우리는 항상 미래를 걱정한다. 현재 처한 상황 가운데 만족스럽지 못한 부분이 지속될지 모른다는 우려 때문이다. 이대로 가다간 인생이 별 볼 일 없을 것 같다는 불안도 밀려온다. 지금 웬만큼 누리고 있다고 해도 안심하지 못한다. 과연 이를 계속 지킬 수 있을지 미리부터 노심초사한다. 없을 때는 없는 대로, 있을 때는 또 있는 대로, 한순간도 마음의 짐을 내려놓지 못한다.

시간이 갈수록 미래에 대한 걱정이 먼지처럼 쌓이고 쌓인다. 먼지들이 두텁게 쌓일 때쯤 '왜 나만 이렇게 힘든가?'라며 스스로에게 질문을 던지기 시작한다. 주위를 둘러보면 남들은 다들 수월하게 살아가고 있는 것 같다. 그들은 처음부터 모든 걸 다 갖추고 시작한 것 같고, 그에 반해 나만 홀로 불투명한 미래 앞에 놓여 있는 것 같다.

걱정은 결국 현실이 된다. 시간이 흐르고 나서야 과거를 돌아보며 후회한다. 다시 돌아가지 못할 그 시간 그 장소를 떠올리며, '차라리 그때 이랬어야 했는데…'라며 뒤늦게 아쉬워한다. 만약 다른 선택을 했다면 지금 더 나은 삶을 살고 있을 것이라 푸념한다. 모든 것을 다시 시작하고 싶다는, 그러면 더 잘할 수 있겠다는 짙은 미련이 남는다. 이것은 그야말로 악순환의 고리이다. 만약 이 고리를 끊지 못하면 미래의 어느 순간에 또 다른 걱정이 이어진다. 그리고 또 불평, 그다음은 후회…….

나도 그랬다. 10대 후반의 한창 예민한 시기에 성인도 감당하기 힘든 상황을 버텨야 했다. 또래의 무리에 섞여 있는 게 당연할 나이였지만 홀로 외로운 시간을 보내야 했다. 미래에 대한 걱정이 머릿속에서 한순간도 떠나질 않았다.

하지만 나는 나중에 후회하는 상황만큼은 피하고 싶었다. 그래서 걱정과 후회를 잇는 연결 고리인 불평 대신, 생각을 바꾸기로 했다. 지금 생각해보면 그런 발상을 했다는 것 자체가 어느 정도 운이 따랐던 것 같다. 아무튼 그 덕분에 나는 이 이후의 삶에서 조금 다른 길을 걸을 수 있었다.

20여 년 전 늦가을의 어느 날, 고등학교 1학년이던 나는 세 번째 심장 수술을 앞두고 있었다. 불안한 마음에 잠이 잘 안 와서인지, 자정을 훨씬 넘긴 시각이었다. 5층 병실에 앉아서 창밖 너머로 어둠 속을 내려다보고 있었다. 가로등은 켜져 있었지만 지나가는 사람은 없었다. 간혹가다 앰뷸런스가 사이렌을 울리며 응급실 쪽으로 들어올 뿐이었다. 고요하다 못해 스산한 한밤중의 병원이었다.

문득 학교 생각이 났다. '지금쯤 친구들은 어떻게 지내고 있을까.' '내가 지금 여기서 이러고 있어서는 안 되는데.' '내가 커서 과연 사람 구실을 하면서 살 수 있을까.' 이런저런 상념이 머릿속을 내리누르며 그렇지 않아도 우울한 기분을 더욱 가라앉게 했다.

멍하니 보낸 시간이 얼마나 지났을까. 창밖으로 유독 환하게 불빛이 새어 나오는 3층 정도의 건물이 시야에 들어왔다. 건물의 창문 안쪽으로 천장에 줄지어 있는 형광등이 밝게 빛을 밝히고 있었다. 자정을 훌쩍 지나서 새벽으로 향하고 있는 시간인데도 그 안에서는 적지 않은 사람들이 오가며 무언가를 열심히 하고 있었다.

그때 내 옆에는 아버지가 보호자용 간이침대에서 잠을 청하고 있었다. 나는 아버지에게 저곳이 무얼 하는 곳인지 물었다. 아버지는 몸을 일으켜 내 옆으로 다가와서 내가 가리키는 곳에 시선을 맞추었다. 잠시 눈에 힘을 주고 그 건물을 바라보더니, 그곳이 의과대학에 딸린 의학도서관이라고 알려주었다. 그리고 그 안에 보이는 사람들은 의대생들이라고 했다.

의대생. 그들은 말 그대로 나와 다른 세상을 살고 있는 사람들이었다. 나는 여기서 환자가 되어 수액들을 팔에 주렁주렁 매달고 생사를 가르는 수술을 기다리고 있는데, 같은 시각 바로 길 건너에서는 의대생들이 책상에 앉아 공부하고 있었다. 그들이 있는 곳은 손에 닿을 듯이 가까웠다. 하지만 그저 눈으로만 바라볼 수 있을 뿐 건너갈 수는 없었다. 갑자기 나는 그들이 있는 그 세상으로 들어가고 싶었다.

하지만 나는 모르지 않았다. 이루기 어려운 꿈이라는 것을. 의대에 입학한다는 건 건강한 몸으로 밤을 새워서 공부해도 쉬운 일이 아니라는 것을. 하물며 학교 수업도 듣지 못하고 병원에 입원해 있는, 그리고 앞으로도 더 많은 시간을 병원에서 보내야 할 나에게는 가당치 않은 꿈이란 사실을. 어쩌면 길 건너 다른 세상으로 들어가고 싶다는 상상은 꼭 이루어내겠다는 의지이기보다는, 힘든 상황을 잠시 잊게 해줄 진통제에 가까웠다.

그렇게 한동안 멍하니 창밖을 내다보면서 시간을 흘려보냈다. 시간이 흐르는 동안에도 그 도서관 안에 있는 의대생들은 각자 공부에 열중하고 있었다. 불현듯 나 자신에게 너무 미안해졌다. 한편으로는 좀 억울하다는 생각도 들었다. 그 시간마저도 부질없는 공상에 빠져 있는 나의 모습이 길 건너 의대생들과 너무 대비되었기 때문이다.

그 순간 내 마음속에서는 뭔가가 끓어오르기 시작했다. 내가 처한 현실에 대한 부정, 어쩌면 그 반대로 무한의 긍정일지도 모르는 강렬한 감정이 꿈틀댔다. 살아 숨 쉬는 그 무언가로 내 삶을 채우고 싶었다. 진통제로 잠재우기에는 나의 삶이 너무 소중했다. 그때 나는 처음으로 '병실에서 의학도서관을 바라보는 삶'이 아닌 '의학도서관에서 병실을 바라보는 삶'을 살겠다는 다짐을 했다. '환자들을 바라보는 삶'을 살겠노라 굳게 결심했다. 그 잠깐 사이 차오른 눈물의 간지럼을 참지 못해 눈을 감았다. 볼 위로 뜨거운 것이 흘러내렸다.

수술을 마치고 한 달여쯤 지나 나는 다시 학교로 돌아왔다. 내가 두 달 가까이 학교를 빠졌다는 사실이 무색할 만큼 그사이에 달라진 것은 별로 없었다. 세상은 여전히 잘 돌아가고 있었다. 하지만 한 가지만큼은 전과 같지 않았다. 병실에서 의학도서관을 바라보던 그날의 다짐은 여전히 내 마음속 깊이 새겨져 있었다. 그리고 그 다짐은 결국 나를 그들이 있던 '다른 세상'으로 이끌었다. 그로부터 정확히 10년 후, 나는 의사 면허증을 손에 쥐었다.

미래는 알 수 없다. 지금 만나고 있는 사람들, 그리고 놓여 있는 상황들, 이 가운데 1년 전에 예상했던 것들이 얼마나 될까. 오늘의 가장 큰 걱정거리는 1년 전에 짐작이나 했던 것이었나. 아마 그렇지 않을 것이다. 그렇다면, 만약 1년 전에도 현재의 상황을 예상하지 못했다면, 1년 후가 어떠할지 지금 어떻게 알 수 있겠는가. 사람들은 습관적으로 현재의 흐름이 앞으로도 계속 이어질 것이라고 지레짐작한다. 지금 처한 곤란한 상황이 앞으로도 계속 이어지리라 생각한다. 하지만 과거부터 지금까지 그래왔듯, 미래도 예상할 수 없는 방향으로 흘러갈 것이다.

미래에 대한 걱정은 사실 머릿속에만 존재하는 상상의 영역이다. 하지만 불평으로 일관하다가 후회할 때, 걱정은 현실이 된다. 현재 놓인 상황이 곤란하니 앞으로도 그럴 것이라고 지레짐작하고 불평하고 말 것인가. 아니면 과거와 현재, 그리고 미래는 얼마든지 달라질 수 있다는 믿음을 갖고 과감하게 도전할 것인가. 결국 마음먹기에 달린 문제이다.

요즘도 3개월에 한 번씩 정기 진료를 받기 위해서 내가 수술받았던 병원을 찾는다. 그때마다 의학도서관 건너편의 내가 입원했던 건물 앞을 지나간다. 거기서 나는 잠시 발걸음을 멈추고 내가 입원했던 병실의 창문을 올려다본다. 그리고 그 창문 안에서 나를 내려다보는 10대 후반의 나와 마주한다. 수십 년의 시간의 벽을 넘어서 그때의 나는 지금의 나에게 변함없이 같은 질문을 던지고 있다. '환자들을 바라보겠다'는 그때의 다짐을 흔들림 없이 지키며 살고 있냐고.

한 가지는 분명히 깨달았다.

이건 내 인생이라는 현실이다.

그 누구도 대신 살아줄 수 없는 내 인생이다.

아프다고 절망할 것도

건강하다고 자만할 것도 아니다.

4

뛰지는 못해도
걸을 수는 있어요

고등학생이 된 후 두 번째로 맞는 봄이었다. 날씨는 하루가 다르게 포근해지고 있었다. 병원을 벗어나 일상으로 돌아온 지도 벌써 몇 달이 지났다. 오후마다 밀려오는 나른함을 이겨내며 학교생활에 있는 힘껏 적응해나가는 중이었다.

학교에서는 매년 그즈음 봄 예술제가 열렸다. 봄 예술제는 크게 체육과 문예 두 가지 활동으로 나뉘어 나흘 동안 진행되었다. 체육은 배구나 농구 등의 운동 경기이고, 문예는 작문이나 미술 같은 창작 활동을 말한다. 누구나 한 가지 종목에 참가해야 하고, 나머지 시간은 다른 친구들의 경기를 응원하면서 보냈다. 거창고 등학교의 봄 예술제는 명실상부 학생들이 주도하는 행사였다.

봄 예술제의 마지막 날에는 마라톤 경기가 열렸다. 학교 운동장에서 출발하여 거창 읍내를 가로질러 반환점까지 간 다음, 같은 길을 거슬러 다시 학교로 돌아오는 순서로 진행되었다. 정식 마라톤보다 거리는 짧지만, 그렇다고 그 의미마저 작지는 않았다. 흔히 마라톤을 올림픽의 꽃이라고 부르듯, 거창고등학교의 마라톤도 봄 예술제의 대미를 장식했다.

마라톤은 모든 재학생이 참가하는 게 원칙이지만, 원한다면 누구든지 자유로이 빠질 수 있었다. 운동 경기 중 다친 학생들은 물론이고 스스로 생각하기에 몸 상태가 좋지 않다면 얼마든지 쉴 수 있었다. 그걸 두고 뭐라고 하는 사람은 아무도 없었다.

나는 마라톤에 참가할지를 두고 혼자서 오랫동안 고민했다. 당시는 내가 심장 수술을 마치고 학교에 돌아온 지 아직 반년도 지나지 않은 때였다. 마라톤을 뛰고 싶었지만, 그래도 괜찮을지 확신이 서지 않았다. 혹시라도 내가 무리하다가 잘못되었을 때, 나를 소중히 여기는 사람들이 입게 될 상처도 생각하지 않을 수 없었다.

그렇다고 포기하고 싶지도 않았다. '마라톤을 뛸 수 있는 학생이 사정이 있어서 뛰지 않는 것'과 '마라톤을 뛰면 안 되기 때문에 뛰지 않는 것'은 엄연히 달랐다. 전자는 선택의 문제지만, 후자는 한계의 문제다. 내가 마라톤을 뛰지 않는다면 그건 후자였다. 나 스스로 한계를 인정하는 셈이었다. 해보지도 않고 그렇게 하기는 싫었다.

봄 예술제를 얼마 앞두고 정기 진료차 병원에 다녀왔다. 주치
의 윤 교수에게 학교에서 곧 마라톤이 열리는데 나도 뛰어도 되
겠냐고 조심스레 물어보았다. 그는 짧지만 단호한 어조로 절대
하지 말라고 답했다. 긍정적인 답변을 크게 기대하지는 않았지
만, 그 정도로 단호할 줄은 몰랐다.

그런데 막상 안 된다는 답변을 듣고 나니 오기가 생겼다. 주치
의의 경고에도 불구하고 내가 마라톤을 완주한다면, 앞으로 다른
그 누가 "너는 안 된다"고 하더라도 나는 그 말에 주눅 들지 않게
되리라 생각했다. 어차피 내가 살아가야 할 삶이다. 누가 내 삶을
대신 살아주지 않는다. 세상 모든 사람들이 안 된다고 하더라도,
그 말을 받아들일지 말지 결정하는 것은 온전히 나의 몫이다.

결국 나는 봄 예술제 마지막 날 운동장에 서 있었다. 수백 명
의 학생들이 본관 계단에 마련된 본부석 진행자의 구령에 따라
준비 운동을 하고 있었다. 나는 일부러 가장 뒤쪽에 서 있었다.
혹시 누가 나를 발견하고서 뛰지 말라고 할까 싶어서였다. 사람
들이 앞을 보고 있는 동안, 맨 뒤에 서서 티 나지 않게 준비 운동
을 따라 하며 근육을 풀었다.

잠시 후 단발의 총성이 하늘을 갈랐다. 수백 명의 사람들이 좁
은 교문을 통과해서 읍내로 쏟아져 나갔다. 흡사 모래시계의 좁

은 목을 통과해 내려가는 모래알들 같았다. 학교가 높은 지대에 있었기 때문에 내리막길이 이어졌다. 덕분에 시작하고 한동안은 꽤 수월했다. 나는 속으로 이 정도쯤이면 큰 문제가 없겠다고 생각했다.

계속 달리다 보니 아스팔트 길을 지나서 비포장 산책로로 접어들었다. 출발할 때 한데 뭉쳐져 있던 사람들의 무리는 어느새 맨 앞과 맨끝이 보이지 않을 정도로 긴 행렬이 되었다. 나는 그 중간쯤 어딘가에 있었다. 가볍게 조깅하듯이 뛰다가 힘에 부치면 잠깐 걸어갔다. 그렇게 뜀박질과 걷기를 반복했다. 좋은 성적을 기대하지는 않았지만, 그렇다고 너무 뒤처지지는 말자고 생각했다.

그런데 출발하고 30분쯤 지났을 때 첫 번째 위기가 찾아왔다. 갑자기 가슴이 조여오듯 갑갑해지기 시작했다. 원래도 종종 그랬으니 이번에도 그러다 말 거라고 생각했다. 하지만 증상이 점점 심해졌다. 멈추어 서서 허리를 굽히고 무릎에 손을 올렸다. 땅을 내려다보고 헉헉대며 심호흡을 했다. 그래도 나아지지 않았다. 식은땀을 흘리며 쪼그려 앉았다. 내가 통제할 수 있는 일이 아니란 생각에 공포감이 엄습했다. 저 멀리서 선생님이 뛰어왔다. 찬찬히 숨을 쉬어보라고 했다. 10분쯤 그렇게 숨을 가다듬으니 다시 또 괜찮아졌다.

손발을 털고 다시 대열로 돌아갔다. 그때부터는 무리하지 않기로 했다. 뛰지는 않되 빠르게 걸었다. 그러다가 힘들어지면 또 천천히 걸었다. 다른 이들이 속속 나를 앞지르기 시작했다. 하지만 나는 조금도 개의치 않았다. 애초에 내 목표는 완주였다. 그런데 그렇게 앞서가던 이들 가운데 달리기를 중단하는 이들이 나타나기 시작했다. 그들을 보며 마음속으로 되뇌었다.

'나는 늦게라도 반드시 완주할 것이다, 완주할 것이다.'

그렇게 한참을 가고 있는데, 저 멀리에서 선두 그룹으로 보이는 이들이 반대 방향으로 오고 있었다. 그들은 이미 반환점을 돌고 학교로 돌아가는 중이었다. 나는 그들을 보면서 반환점이 얼마 남지 않았다고 생각했다. 하지만 아니었다. 한참을 가도 반환점은 나타나지 않았다. 어쨌든 나쁘진 않았다. 반환점이 저 앞의 어딘가에 있다는 걸 확인했으니 말이다.

선두 그룹과 처음 마주친 거리만큼을 한 번 더 가서야 비로소 반환점이 시야에 들어오기 시작했다. 반환점을 돈 주자들이 이제 막 반환점으로 향하는 이들을 향해 파이팅을 외쳤다. 잠시 후 나도 반환점을 돌면서 뒤따라오고 있는 이들을 향해 파이팅을 외쳤다. 그러고 나서 마음속으로 생각했다.

'내가 누군가를 응원해줄 수 있구나. 나도 그 정도는 되는구나.'

이미 왔던 길을 돌아가는 것은 처음 갈 때만큼 어렵지 않았다. 이렇게만 계속 간다면 완주는 문제없을 것 같았다. 그런데 또시 가슴이 조여오기 시작했다. 두 번째 위기였다. 빠른 걸음조차 부담이 됐던 것이다. 나는 그 자리에 다시 쪼그려 앉았다. 그 근처에 있던 선생님이 달려왔다. 그리고 이번에는 나를 데려갈 차량도 한 대 도착했다. 속으로 생각했다.

'이렇게 살 바에야 차라리 죽는 게 나아. 뛰다가 죽든지 아니면 다 뛰고 나서 제대로 살든지 하자.'

하지만 그게 그 순간의 유일한 감정은 아니었다. 사실은 무척 두려웠다. 나는 아직 더 살고 싶었다. 이렇게 세상을 등지기에는 아직 못 해본 게 너무 많았다. 부모님과 동생 생각도 났다. 마음속에서 갈등이 시작됐다.

'여기서 포기할 것인가. 아니면 목숨을 걸고라도 완주할 것인가.'

하지만 나는 곧 마음을 다잡고 일어섰다.

'그래. 걸어서라도 완주하자.'

나를 에워싸고 있던 이들을 향해서 "뛰지는 못해도 걸을 수는 있어요"라고 말했다. 지금부터는 걷기만 하겠다고 약속했다. 그들은 뛰지 않겠다는 거듭된 내 다짐을 받고 나서야 나를 보내주었다. 나는 이미 인적이 뜸해진 아스팔트 위로 돌아갔다.

이제 길 위에 나 말고는 아무도 없었다. 하지만 선생님들이 길가에서 우직하게 자리를 지키고 있었다. 한참을 그렇게 걸어갔다. 시간에 대한 감각조차 무뎌질 때쯤, 저 멀리 학교로 올라가는 비탈길이 모습을 드러냈다. 내가 훗날 이 순간을 완주로 기억하기 위해서는 200m가량 되는 이 비탈길에 올라서야 했다. 마지막 있는 힘을 다해서 비탈길을 올라갔다. 학교 입구에 다다르자 사람들이 나와서 박수를 보내고 있었다. 고마웠지만 너무 지쳐서 웃어줄 수조차 없었다.

학교에 들어서니 운동장에서 쉬고 있는 사람들이 눈에 들어왔다. 그들을 보며 가장 먼저 든 생각은 '나도 이제 이들과 다르지 않다'였다. 누구도 부정할 수 없는 그 명백한 사실, 내가 스스로 증명한 그 사실이 말할 수 없이 감격스러웠다. 박수 치는 이들을 뒤로한 채 나와 다르지 않은 그들 가운데로 천천히 걸어 들어갔다. 그리고 더없이 평온한 마음으로 운동장 한가운데 드러누웠다.

그날의 마라톤 완주로 한 가지는 분명히 깨달았다. 이건 내 인생이라는 현실이다. 그 누구도 대신 살아줄 수 없는 내 인생이다. 모두에게는 각자의 삶이 있다. 아프다고 절망할 것도, 건강하다고 자만할 것도 아니다. 세상이 의심 어린 눈빛으로 쳐다볼 때, 끝까지 나를 믿어줄 단 한 사람만 제자리를 지키고 있으면 된다. 그는 다름 아닌 바로 자기 자신이다.

나중에 들은 이야기로는 내가 끝에서 3등이었다. 그때는 몰랐는데 내 뒤에 두 명이 더 있었다고 한다. 그날의 완주는 그들에게도 평생 잊히지 않을 기억으로 남았으리라.

나는 그날 그 게시판에서

'의예과 신승건'이란 이름을 발견했다.

5

언제든
다시 날아오르면 되니까

어느덧 시간이 흘러 고등학교 2학년에서 3학년으
로 넘어가는 겨울방학이 되었다. 고3을 앞두고 기숙사에도 적잖
은 변화가 있었다. 학생들이 하나둘 자취를 하러 나가기 시작했
는데, 대학 입시에 전념해야 할 시기에 단체 생활은 여러모로 불
편했기 때문이다. 겨울방학을 전후로 어림잡아 절반 정도의 학생
들이 기숙사에서 각자의 자취방으로 거처를 옮겼다. 나도 그즈음
기숙사에서 나올 준비를 시작했다.

당시 학교 주변의 집주인들은 남는 방을 거창고등학교 학생들
에게 빌려주며 나름 쏠쏠한 수입원으로 삼고 있었다. 하지만 대

학가처럼 규모의 경제가 돌아가는 수준은 아니었으므로, 학생들은 부동산을 거치는 대신 일일이 집집마다 문을 두드려가며 혹시 빈방이 있는지 알아봐야 했다. 나는 주말 내내 근처에 집들을 샅샅이 알아보고 다닌 끝에 학교 정문 맞은편 언덕에 있는 조그만 방을 자취방으로 정했다.

내가 거기서 살았으니 자취방이라고는 했지만, 실상은 어떤 할머니가 혼자 사는 시골집에 딸린 허름한 창고였다. 거기에 싱크대 같은 집기를 욱여넣어서 겨우 한 사람이 지낼 수 있게 만든 공간이었다. 넓이가 한 평이 조금 넘는 정도밖에 되지 않아서 이부자리를 펴면 남는 공간도 없었다. 게다가 방구석 군데군데 곰팡이가 슬어서 축축한 냄새가 스멀스멀 올라왔다.

그 와중에 가장 곤란했던 것은 역시 화장실이었다. 주인집 마당을 가로질러 가면 가장 안쪽 으슥한 곳에 재래식 화장실이 있었다. 재래식 화장실은 바닥에 구멍을 하나 뚫어놓고 그 아래 분뇨가 모이게끔 해놓은 구조로 되어 있는 걸 말하는데, 요즘에는 아무리 깡촌이라도 찾아보기 어려운 방식이다.

처음에는 이 화장실에 도저히 적응이 안 됐다. 구덩이 아래에서 올라오는 악취도 악취였지만, 발이 미끄러져 빠지기라도 한다면 정말 죽을 수도 있겠다는 생각이 들었다. 밤에 가는 건 특히 더 엄두가 안 났는데, 말 그대로 무서웠기 때문이다. 그래서 한동안 자취방에 가기 전에 반드시 학교에서 볼일은 다 보고 갔다. 자취방에서 공부하다가도 화장실에 가고 싶으면 언덕을 내려와 학교로 내달렸다.

하지만 그 방법도 오래가지는 않았다. 언젠가 한밤중에 화장실이 급한 적이 있었는데 학교에 갔더니 문이 잠겨 있었다. 곧장 기숙사로 뛰어갔지만, 거기도 역시 문이 잠겨 있었다. 어쩔 수 없이 자취방 화장실로 향했다. 침침한 불빛 아래에서 일을 보고 있자니 구덩이에서 손이 올라올 것 같은 오싹한 느낌이 들었다. 그때 속으로 생각했다. '그래. 귀신 입장에서는 구멍을 막고 있는 내가 더 무서울 거야.' 그렇게 생각하니 마음이 한결 편해졌다. 그날 이후 화장실 때문에 학교로 향하는 일은 더는 없었다.

화장실 옆에는 다용도실을 겸한 세면장이 있었다. 온수가 나오지 않기 때문에 샤워는 어려웠다. 게다가 결정적으로 문이 없었다. 주인 할머니는 시골에서 동네 사람들끼리 모여서 김장을 할 때 쓸 법한 적갈색 고무 물통에 항상 물을 받아 놓았는데, 샤워는 못해도 여기 있는 물로 세수를 하고 가끔 등목도 했다. 그리고 매주 주말이 되면 친한 친구들 몇 명이 함께 가까운 목욕탕에 가서 때를 밀었다.

시골의 3월은 아직 밤이 쌀쌀했다. 슬리퍼를 끌고 방 바깥으로 가서 기름보일러를 틀어야 겨우 잠들 수 있었다. "징~" 하는 보일러 진동에 문풍지가 밤새도록 떨어댔지만, 그래도 추워서 내가 덜덜 떠는 것보다는 나았다. 문제는 새벽 서너 시가 되면 새벽잠이 없는 집주인 할머니가 기름을 아낄 생각으로 보일러를 꺼버린다는 것이다. 덕분에 나는 4월이 지나기 전까지 종종 한기를 느끼며 새벽에 눈을 떠야 했다.

깊은 밤에 눈을 뜨면 또 다른 세상이 펼쳐졌다. 천장의 한쪽에서 반대쪽으로 뭔가가 후드득 하며 움직이는 소리가 들렸다. 그러다가 집주인 할머니가 기르는 강아지가 크게 "멍!" 하고 짖으면 다시 그 후드득 하는 소리가 반대 방향으로 향했다. 그렇다. 천장 어딘가에는 쥐들도 살고 있었다. 자취방에서 지내는 동안 그 쥐들과 직접 대면할 일이 없었다는 게 그나마 다행이라면 다행이었다.

안 좋은 점만 이야기했는데, 사실은 좋은 점도 있었다. 자취방이 그 동네에서 가장 높은 언덕 위에 있었기 때문에 마당에 나가면 읍내가 훤히 내려다보였다. 청명한 시골 공기를 깊게 들이쉬면 기분까지 상쾌해졌다. 방에 책상과 책장을 들여놓으니 조용히 공부하기에는 나름 괜찮았다. 나중에는 소형 냉장고도 들여놓아서 혼자 지내기에 전혀 부족할 게 없었다.

자취방에 적응할 즈음, 무덥고 습한 8월이 되었다. 공식적으로는 방학이었지만 모름지기 고3에게는 해당되지 않았다. 그날도 교실에서 수업을 듣고 있었다. 지루함을 달래려고 간간이 교실 창밖을 보는데, 점심시간이 지나면서 점점 날씨가 흐려지고 바람이 세게 불었다. 급기야 교실 창문이 덜덜거리며 떨리기 시작했다. 며칠 전부터 뉴스에서 태풍이 올라오고 있다더니 그래서 그런가 보다 했다.

오후가 되어 수업을 마치고 교실을 나섰다. 우산은 없었지만 다행히 비가 멎어 있었다. 잠시나마 이불을 펴고 잠을 청할 수 있겠다는 기대에 부풀어 가방을 둘러메고 자취방으로 향했다. 교문 앞 문구점을 지나서 자취방으로 올라가는 좁은 길에 다다랐다. 그곳은 시멘트로 대충 바른 경사진 골목인데, 얼마나 가파른지 10m 정도 되는 거리를 두 손을 다 사용해서 사다리를 타듯 올라가야 했다.

후다닥 기어 올라가서 허리를 펴고 앞을 보았다. 눈앞에 뭔가가 널브러져 있었다. 자세히 보니 길에 뭉텅뭉텅 찢어진 책의 잔해들이 나뒹굴고 있었다. 한두 개가 아니었다. 일부는 빗물이 고인 웅덩이에 처박힌 채로 젖어 있었다. 허리를 숙여 자세히 살펴보니 수능 문제집이었다. '누가 문제집을 이렇게 아무 데나 버린 거지?' 하고 의아하게 생각하며 가던 길을 갔다. 그런데 자취방으로 향할수록 그 개수가 점점 늘어났다.

자취방 앞에 도착한 나는 그 자리에서 굳어버렸다. 내 자취방 천장이 뜯겨 있었다. 태풍에 천장이 통째로 날아가버린 것이다. 오던 길에 본 책들은 바로 내 책들이었다. 자취방 앞에도 내 수능 문제집과 정리 노트들이 정신없이 나뒹굴고 있었다. 집주인 할머니도 이 상황이 난처한지 멋쩍게 웃으며 난장판이 된 방바닥을 물걸레로 닦고 있었다.

나는 한동안 같은 자리에서 넋이 나간 듯 서 있었다. 그러다가 겨우 정신을 차리고 혹시 꿈을 꾸고 있는 건 아닐까도 생각해 보았다. 눈앞에 놓인 상황은 비현실적이었으나 분명 현실이었다. 그에 반해, 세 달여 앞으로 다가온 수능을 제대로 치르는 것이야말로 현실적인 비현실이었다. 나는 받아들일 수밖에 없는 현실과 비현실의 벽 앞에서 깊은 좌절감을 느꼈다.

그런데 이상했다. 그때 내 마음속 깊은 곳으로부터 뭔지 모를 강렬한 감정이 용솟음쳤다. 그것은 아직은 무너질 수 없다는 여유이기도 했고, 반대로 더 잃을 게 없는 자의 마지막 각오이기도 했다. 나는 뻥 뚫린 천장 아래에서 "그래, 까짓것 되든 안 되든 다시 시작해보자!"라며 주먹을 불끈 쥐었다.

일단 눈앞에 놓인 상황을 정리하는 게 급선무였다. 물에 젖은 가전제품들이 합선되지 않도록 전기 코드를 뽑고, 비에 젖은 침구류와 옷가지 들을 세탁기에 넣고 돌렸다. 책과 노트를 보니 온전한 것이 거의 없었다. 몇 개 빼고는 물에 푹 젖어서, 행여나 잘 말린다고 해도 못 쓸 게 분명했다. 나는 쓸 수 있는 책은 책장 가장 위 칸으로 올리고 나머지 젖은 책들은 빈 상자를 하나 구해다가 차곡차곡 쌓은 다음 미련 없이 내다 버렸다.

　반나절을 그렇게 보내고 나니 어느새 밖은 어두워져 있었다. 처음보다는 당혹스러운 마음도 많이 가라앉았다. 뭐 어떻게 할 수 있나, 이미 벌어진 일인 것을. 나는 아직 물기가 축축한 바닥 위에 깔 것도 없이 드러누워서 뻥 뚫린 천장 너머로 밤하늘의 별들을 바라보았다. 달빛에 스며든 밤공기는 한여름치고 꽤 선선했다. 나는 속으로 생각했다.

　'이렇게 밤하늘의 별을 세면서 잠을 잔 게 언제였나.'

　그때 한 가지가 이전과 달라졌다는 걸 알게 되었다. 밤새도록 자취방 천장을 뛰어다니던 쥐 소리는 더 이상 들리지 않았다. 아마도 천장이 뜯겨 나갈 때 함께 날아간 것 같았다. 덕분에 공부에 집중하기에 좀 더 나은 환경이 된 셈이다. 기왕 이렇게 된 거 좋은 쪽으로 생각하기로 했다.

　흔히들 "추락하는 것은 날개가 있다"고 한다. 하지만 그것은 아직 미완의 문장이다. 여기에 하나를 덧붙여야 한다. '추락하는 것은 바닥이 없다.' 바닥이 없기 때문에 끝없이 떨어질 수 있다. 이것은 정말로 다행스러운 일이 아닐 수 없다. 아무리 추락해도 바닥에 부딪혀서 산산조각날 일이 없을 테니 말이다. 언제든 다시 날갯짓하며 날아오르면 된다. 그날 나를 산산조각낼 뻔한 것은 자취방을 날려버린 태풍이 아니었다. 그 앞에 주저앉고 싶었던 나 자신의 나약함이었다.

나는 손쓸 수 없는 것을 탓하는 대신, 지금부터 할 수 있는 일이 무엇인지 생각해보았다. 그리고 다음 날 바로 잃어버린 책들을 새로 사서 처음부터 다시 시작했다.

그날 이후 나는 문제집을 하루에 한 권씩 풀었다. 두껍지 않은 것들은 하루에 두 권씩 풀었다. 여기서 풀었다는 건 해설까지 다 꼼꼼히 들여다보았다는 걸 말한다. 시중에 나와 있는 모든 문제집을 빠짐없이 다 풀어서 더는 풀 문제집이 없자, 풀었던 문제집을 새로 사서 다시 풀었다. 속도가 붙었을 때는 일주일 동안 잠도 안 자고 문제집만 푼 적도 있었다. 태풍이 지나가고 며칠 후 다리가 따끔거리기에 내려다보니 모기 대여섯 마리가 정강이에 일렬로 앉아서 피를 빨고 있었다. 에프킬라를 대충 뿌리고 다시 책을 펼쳤다.

그 시절, 비록 몸은 고됐지만 마음만은 편했다. 수능으로 승부를 볼 수 있었기 때문이다. 내가 노력한 만큼 결과가 나올 거라는 믿음이 있었다.

이듬해 1월, 나는 고려대학교 대운동장에 서 있었다. 지금은 나무와 잔디밭으로 꾸며진 고려대학교 본관 앞 중앙 광장은 그때만 해도 흙먼지가 날리는 운동장이었다. 합판으로 만들어진 게시판의 합격자 명단에서 자기 이름을 손가락으로 가리키고, 그 앞에서 부둥켜안을 수 있었던 건 역사상 그때가 마지막이 아니었나 싶다. 그 이후에는 인터넷이 그 모든 걸 대신했기 때문이다.

나는 그날 그 게시판에서 '의예과 신승건'이란 이름을 발견했다.

수술을 마치고 정신을 차린 후 아직 몽롱하던 때,

머리 위에 매달린 채 나를 채워주던 붉은 색 피 주머니들.

그것들 덕분에 나는 다시 살 수 있었다.

6

베푸는 자가 아니라
받은 자로서

　아버지들에게는 공통된 정서가 있다. 지난날의 경험 가운데 가장 가치 있는 것을 자기 자식에게 전해주고픈 마음이다. 1999년 겨울, 나의 아버지는 얼마 전 수능을 치른 아들에게 보여주고 싶은 것이 있었다. 그것은 바로 자신이 반평생을 은행원으로 일하며 삶을 일구어온 서울의 도심이었다.

　우리는 아침 일찍 광역버스에 몸을 싣고 서울로 향했다. 첫 번째 목적지는 광화문이었다. 내가 교보문고에 가보고 싶다고 전부터 노래를 했기 때문이다. 교보문고라고 지하에 어마어마하게 큰 서점이 있는데, 거기에 가면 없는 책이 없다고 들었다. 실제로 보니 말로 듣던 것 이상이었다. 서점이라고는 문제집을 사러 동네

책방만 가보았던 나에게 교보문고는 '아, 세상에는 이런 곳도 있구나'라고 하는 신선한 충격으로 다가왔다. 특히 외국 서적 코너가 인상적이었다. 평소에 쉽게 접하지 못했던 보들보들한 종이 질감의 영어 원서들이 종류별로 넘쳐났다.

교보문고에서 한참 시간을 보내고 있다 보니, 어느새 점심때가 가까워졌다. 우리는 시청 근처로 장소를 옮겨 화교가 하는 중국집 하나를 찾았다. 아버지가 그 근처에서 근무하던 때 종종 가던 곳이라고 했다. 내부 곳곳이 붉은색으로 화려하게 장식돼 있었다. 아버지 말로는 전가복이라는 요리가 일품이라고 했다. 하지만 항상 주문할 수 있는 것은 아니고 재료가 있어야만 먹을 수 있었는데, 그날은 안타깝게도 재료가 준비되지 않아서 먹을 수 없었다. 대신 생소한 이름의 면 요리를 시켰다. 중국 음식이라고는 짜장면과 짬뽕, 그리고 탕수육밖에 모르던 나에게는 무척 새로운 경험이었다.

이어서 우리는 서울역으로 향했다. 쌀쌀하고 건조한 날씨에 몸이 움츠러들었다. 버스나 지하철을 타고 움직이는 건 어떨지 고민도 했지만, 기왕 여행 삼아 나온 건데 조금 춥더라도 걸어서 가기로 했다. 옷깃을 여미고 한참을 걸어서 서울역 광장에 도착했다.

그곳은 세기말의 흥분과 바로 몇 해 전 우리나라를 휩쓴 IMF

사태의 잔상이 서로 뒤엉켜 있었다. 교회에서 나온 이들은 오가는 행인들을 향해 회개해서 구원을 받으라며 확성기가 터질 정도로 목청을 높였다. 하지만 정작 한쪽에서는 구원받아야 할 이들이 사람들로부터 소외된 채 비틀거리고 있었다. 아마 그들도 얼마 전까진 누군가의 가족이었으리라. 그러나 이제는 모든 것을 잃고 삼삼오오 모여서 술판을 벌이고 있었다. 급식을 먹던 시절 교내 식당에서 식판에 밥을 담아 먹으며 텔레비전을 통해 이런 모습을 본 적이 있었다. 하지만 실제로 눈앞에서 마주한 것은 그때가 처음이었다.

입에 먹을 것을 허겁지겁 밀어 넣는 노숙자들의 모습이 눈에 띄었다. 헌혈을 마치고 얻은 것으로 보이는 빵과 우유로 끼니를 때우고 있었다. 나도 모르게 그들에게 시선이 멈추었다. 아버지도 뒷짐을 진 채 그들을 바라보며 내게 조용히 물었다.

"왜, 저 사람들이 불쌍해 보이냐."

나는 그렇다고 답했다. 아버지는 무덤덤하게 말을 이었다.

"저 사람들이 배고파서 헌혈한 피가 네 생명을 구할 수도 있음을 잊지 마라."

나는 그 순간 머리를 한 대 세게 얻어맞은 느낌이었다. 기존에 내가 갖고 있던 상식을 완전히 뒤흔드는 말이었기 때문이다. 내가 알기로, 노숙자는 도와줘야 할 사람이었다. 반면에, 이제 곧 의대에 진학해 언젠가 의사가 되고자 하는 나는 그들을 도와야 할 사람이었다. 병실 너머 의학도서관을 바라보며 환자가 아닌 의사의 삶을 살겠다고 다짐했던 것은, 의사가 되어 내가 배운 지식과 기술을 베푸는 삶을 살고 싶었기 때문이었다.

하지만 그들 옆에 세워져 있는 헌혈 홍보 입간판은 아버지의 말을 증명하고 있었다. 나는 아직도 또렷하게 기억한다. 수술을 마치고 정신을 차린 후 아직 몽롱하던 때, 머리 위에 매달린 채 나를 채워주던 붉은 색 피 주머니들. 그것들 덕분에 나는 다시 살 수 있었다. 나는 누군가에게 베풀 입장이 아니었다. 그저 내가 받은 것 가운데 극히 일부나마 돌려주면 다행일 뿐이었다.

베푼다는 말은 참 아름답다. 자비롭고 따뜻하며 심지어 근사해 보인다. 하지만 베푼다는 말은 자신이 받은 것을 잊게 만들기도 한다. '내가 애써 이룬 것을 가여운 너희들에게 나누어주겠노라'는 메시지가 담겨 있기 때문이다.

하지만 이 세상에 남의 도움 없이 홀로 살아갈 수 있는 사람은 없다. 그러므로 베푼다는 생각을 내려놓아야 한다. 배우고 가진 사람일수록 더욱더 그렇다. 배웠다는 건 누군가가 가르쳤다는 것이고, 가진 것은 곧 누군가로부터 얻은 것이다. 베푸는 게 아니라 돌려주는 것이다. 과감한 사고방식의 전환이 필요하다. 그리고 용기도 필요하다.

그날 아버지의 한마디는 내가 가려고 하는 의사의 길을 처음부터 다시 정의하게 했다. 내가 해야 할 일은 '베푸는 것'이 아니라 '돌려주는 것'이어야 했다. '주는 자가 아닌 받은 자로서, 그리고 베푸는 자가 아니라 돌려주는 자로서 나의 자리는 어디인가.' 그 질문에 대한 답이 곧 내가 걸어가야 할 길이 되었다.

2장.

두근거리는 삶을 찾아서

환자로 처음 왔던 그 공간에,

10년이 지나 예비 의사가 되어 돌아왔다.

잠든 순간부터 중환자실에서 깨어났을 때까지,

내게 분명히 일어났었으나 직접 볼 수 없었던

그 비밀스러운 시공간의 문이 열리고 있었다.

1

더는
숨지 않기로 했다

이제껏 겪어본 적 없는 세상이었다. 전국에서 공부로 난다 긴다 하는 학생들이 한 교실에 모여 있었다. 개개인의 실력뿐 아니라 배경도 대단했다. 누구의 부모가 종합병원 원장이라느니, 또 누구 아빠는 저명한 교수라느니 하는 이야기를 어렵지 않게 들을 수 있었다. 멀리 갈 것도 없었다. 나와 함께 거창고등학교를 졸업하고 고려대학교 의과대학에 입학한 친구가 한 명 더 있었는데 그의 아버지 역시 의사였다. 나는 그들이 딱히 부럽거나 하지는 않았다. 그냥 '나와는 다른 세상에서 온 이들이구나'라는 생각이 들었을 뿐이다.

사실 그들을 부러워할 겨를이 없었다. 나에겐 또 다른 걱정거리가 있었기 때문이다. 그들에게 내가 심장 수술을 받았다는 사실을 드러내고 싶지 않았다. 드러내는 것은 물론이거니와 누가 우연히라도 알게 되지 않기를 바랐다. 게다가 앞으로 의사가 될 이들이 아닌가. 그들이 나에 관한 내용을 교과서에서 찾아보는 상황은 상상만 해도 끔찍했다.

그게 그저 기우만은 아니었다. 고등학교에서 이미 뼈저리게 경험한 바였다. 고등학생 시절 내가 심장 수술을 받고 돌아왔을 때, 나를 두고 농담처럼 '야, 승건이 심장 멈추는 거 아니냐'며 조롱하던 아이가 있었다. 제 딴에는 재밌자고 한 말이었겠지만, 아니 어쩌면 아무 생각 없이 한 말이었겠지만, 나는 아직도 그 말과 그의 얼굴을 기억한다.

고등학교에서 함께 의대로 진학한 친구에게, 의대 사람들은 내가 아팠던 이야기를 몰랐으면 좋겠다고 말했다. 고마운 친구였다. 친구는 나의 비밀을 지켜주려고 진심으로 노력했다. 뿐만 아니라 시간 날 때마다 나를 헬스장에 데리고 다니며 체력을 단련할 수 있도록 이끌어주었다. 혹시라도 나중에 그런 사실이 알려지게 되더라도 자신감을 잃지 않게 하려는 배려였다.

의대 입학 이후 매사에 처음부터 다시 시작한다는 각오로 임했다. 그리고 그 시작은 막걸리 사발식이었다. 고려대학교에는 막걸리 사발식이라는 전통이 있다. 신입생들이 치르는 일종의 신고식 같은 것이다. 요즘에는 이를 두고 다양한 관점이 있지만 그때는 일종의 통과 의례로 여겨졌다.

입학식이 있고 며칠 후, 말로만 듣던 사발식이 열렸다. 나와 함께 입학한 신입생이 120명 정도 됐는데, 의대 구내식당에 12명씩 10개 조로 나뉘어 큰 테이블에 나누어 앉았다. 각 조 앞의 바닥에 파란 비닐을 깔아두고 그 위에 사발식을 진행할 작은 테이블을 하나씩 준비해두었다. 그 작은 테이블 위에는 막걸리를 채울 냉면 사발이 하나씩 놓여 있었다. 조마다 한 명씩 앞으로 나와서 냉면 사발에 가득 담긴 막걸리를 비우고, 다시 자기 자리로 돌아가 앉으면 됐다.

다 같이 주먹을 쥐고 "마실까 말까, 마실까 말까"로 시작되는 '막걸리 찬가'를 부르기 시작했다. 가장 먼저 의대 학생회장이 시범을 보였다. 자기 앞에 놓인 막걸리 사발을 몇 초 만에 뚝딱 비워버렸다. 분위기가 후끈 달아올랐다. 이제 각 테이블에서 차례대로 한 명씩 나와 자기 앞에 놓여 있는 막걸리 사발을 비우기 시작했다. 개중에는 마시다가 멈추고 손으로 입을 틀어막는 경우도 있었다. 하지만 결국에는 예외 없이 자기 것을 다 비웠다. 끝까지 마시고 난 빈 사발을 머리 위에 털고 나면 환호가 이어졌다. 그러고 나면 뒤에서 기다리고 있던 선배들이 이들을 화장실로 데려가서 방금 전에 마신 막걸리를 다 토해내게 했다.

내 차례가 되었다. 신입생답게 쑥스러운 듯 일어나서 막걸리가 놓인 테이블 앞으로 갔다. 거기에는 막걸리가 가득 담긴 냉면 사발이 놓여 있었다. 멀리서 볼 때 하고는 느낌이 또 달랐다. 도저히 내가 마실 수 있는 양이 아니었다. '내가 이걸 다 마실 수 있을까'라는 의문이 맴돌았다. 하지만 그런 생각도 잠깐, 이미 옆에서는 두 손으로 사발을 들고 들이키고 있었다.

'에라 모르겠다. 쟤들도 하는데 나라고 못 할 것 없지.'

결국엔 나도 두 손으로 냉면 사발을 들고 막걸리를 입으로 들이부었다. 한 모금 한 모금 위장에 묵직한 액체가 차올랐다. 절반쯤 마시고 숨이 차서 한 번 쉬었다. 이러다가 위가 터지면 어쩌나 하는 공포감이 엄습했다. 그만두고 싶었다. 하지만 그럴 수 없었다. 여기서 관두고 자리로 돌아가면 두고두고 안줏거리가 될 것 같았다. '그래, 뭐 어떻게든 되겠지'라는 생각으로 끝까지 들이부었다. 결국 냉면 사발이 바닥을 드러냈다. 해냈다는 기쁨을 누릴 새도 없이, 곧바로 화장실로 달려가 마신 것을 모두 게워냈다. 기꺼운 마음으로 다시 자리에 돌아왔다. 주먹을 쥐고 '막걸리 찬가'를 따라 불렀다.

그런데 사실 나는 술을 마시면 안 되는 사람이었다. 와파린이라는 약을 먹고 있었기 때문이다. 심장에 인공판막을 달고 있으면 혈전이 생길 위험이 커지는데, 와파린은 피가 굳는 정도를 낮추어 혈전이 생길 수 있는 위험을 줄인다. 이 와파린은 간에서 대사가 되는데, 술의 주성분인 알코올도 마찬가지로 간에서 대사

된다. 좁은 길에 차량이 몰리면 교통정체가 일어나듯, 술을 마시면 와파린의 대사가 늦어지게 되고, 그 결과 와파린의 약효가 급격히 상승할 수 있다. 와파린의 약효가 상승한다는 것은 피가 굳지 않는다는 걸 의미한다. 즉, 작은 상처에도 피가 멎지 않아서 위험한 상황에 처할 수 있다.

하지만 대학 생활을 하면서 술자리를 피할 수는 없었다. 먼저 나서서 술을 마시자고 하지는 않았지만, 불러주는 술자리는 마다하지 않았다. 술자리에서 남이 따라주는 술을 어김없이 다 받아 마셨다. 지금 와서 생각하면 참 미련하고 위험하기까지 한 행동이었다. 그러나 나는 그들에게 술을 마실 수 없는 이유를 말할 용기가 없었다. 그때는 술을 마셔서 잘못되는 것보다 남들과 다르게 보이는 게 더 두려웠다.

남들과 다르고 싶지 않은 것은 공부에서도 마찬가지였다. 의대 교육 과정은 크게 의예과 2년과 의학과 4년으로 이루어진다. 줄여서 각각 예과와 본과로 부르기도 한다. 예과는 그 이름대로 의학을 공부하기 전의 예비 단계를 말하는데, 화학이나 생물학 같은 의학의 기초가 되는 과목과 인문학 같은 교양 과목을 배운다. 예과 수업 가운데 필수 과목은 의대 건물에서 받지만, 상당수 수업은 의대가 아닌 이공대나 인문대 쪽에서 받고 오기도 한다.

본과는 말 그대로 의사가 되기 위한 본격적인 과정이다. 총 4년이 걸리는데, 처음 2년 반 동안은 이론 수업으로 이루어진다. 이론은 해부학이나 병리학과 같은 기초 의학과 내과나 외과 같은 임상 의학을 포함한다. 본과 1학년부터 3학년 2학기에 이르는 2년 반 동안 교실에 앉아서 책에 머리를 묻고 공부하는 지난한 시간이 이어진다. 약간의 과장을 보태면 고3 정도의 긴장이 계속 이어지는 시기인데 그럴 수밖에 없는 이유가 있다. 의대 본과는 다른 과들처럼 학생이 교실을 옮겨 다니며 수업을 듣는 게 아니라, 고등학교처럼 학생은 교실에 앉아 있고 각 과목의 교수들이 들어와서 수업을 한다. 또한 유급이라는 제도가 있어 단 한 과목만 F를 받아도 일 년을 통째로 다시 다녀야 한다.

나는 스스로 중간은 가자고 다짐했다. 그런데 그 중간도 만만치 않았다. 시험 전날이면 친구들과 함께 의학도서관에서 밤을 새웠다. 결국은 새벽쯤 짜장면을 시켜 먹고 도서관 소파에서 잠들어버린 게 대부분이긴 했지만. 사실 시험 전날 밤을 새우는 학생들이 성적은 별로인 경우가 많다. 고백하건대 나도 성적은 그렇게 좋지 못했다. 그래도 유급 없이 6년 만에 졸업할 수 있었음에 만족했다. 졸업식 때 보니 6년 전에 함께 신입생으로 입학했던 120명의 동기들 가운데 함께 졸업하는 사람은 50명 남짓이었다. 중간은 했다는 것이 스스로 대견했다.

한편으로, 내가 받은 수술에 관해서만큼은 끝까지 비밀로 남기고 싶었다. 그래서 열심히 술을 마셨고, 그래서 함께 밤을 새운 것도 있었다. 그러나 몇 차례 위기의 순간도 있었다. 그중에도 기억에 남는 두 가지 일화가 있다.

언젠가 동아리 뒤풀이 후에 호프집에 모여서 치킨을 뜯고 있던 중이었다. 선배 하나가 어디서 대단한 정보를 얻기라도 한 것마냥 나에게 물었다.

"다른 과에 거창고등학교 나온 친구한테 들었는데, 너 심장 수술받은 적 있다며?"

나는 표정이 흔들릴까 봐 안면 근육에 힘을 줬다. 어떻게 지킨 비밀인데, 그동안의 노력을 수포로 돌릴 수 없었다. 호랑이 굴에 들어가도 정신만 차리면 살 수 있다는 별로 상관없는 속담을 떠올리며, 대수롭지 않다는 듯이 내답했다.

"아, 그거 저랑 이름이 비슷한 다른 친구 이야기하는 거예요. 저 아니고요."

그리고 디테일을 살리기 위해 한 마디를 덧붙였다.

"자주 듣는 이야기예요."

그때 그 선배가 내 말을 믿었는지는 알 수 없다. 하지만 나는 그렇게 믿기로 했다. 그거면 됐다. 어쩌면 내게 중요했던 것은 남들의 실제 인식이 아니라 남들이 그렇게 인식하리라는 나 자신의 믿음이었을지도 모른다.

또 이런 일도 있었다. 나는 대학생 때도 3개월마다 대학로에 있는 병원으로 외래 진료를 다녔다. 진료실에 들어가면 늘 그렇듯 낯익은 주치의 교수가 앉아 있었다.

교수는 그동안 잘 지냈냐는 인사를 건네고는 "소리 좀 들어볼까?" 하면서 청진기를 든다. 나는 그 말에 따라 옷을 들어 올린다. 교수가 청진기를 대고 소리에 집중하는 동안, 나는 흰머리가 희끗희끗한 그의 정수리를 말없이 쳐다본다. 교수는 잠시 후 옆에 있던 레지던트에게 지시 사항을 전달하고, 그는 한 마디라도 빠뜨릴세라 재빨리 키보드를 치면서 받아 적는다. 교수는 다시 내쪽으로 몸을 돌리고 "괜찮네. 잘 지내고, 다음에 보자"라고 말한다. 그렇게 진료가 끝난다.

그날도 별다를 것 없는 외래 진료일이었다. 교수의 지시 사항을 컴퓨터에 받아 적고 있던 레지던트의 얼굴을 보기 전까지는 그랬다. 나는 교수 옆에 있던 여자 레지던트의 얼굴을 보자마자 그 자리에 돌처럼 굳어버렸다. 평소 후배들을 잘 챙기던 성격 좋은 여자 선배였다. 모교 밖에서 학교 선배를 만나는 일은 미처 예상하지 못했다. 그것도 다른 곳이 아닌 바로 그 진료실에서 마주치리라고는 상상도 못했다. 그 선배와 나는 서로를 놀란 눈으로 쳐다봤다. 그리고 선배는 말없이 모니터에 적힌 내용을 꼼꼼히 살피기 시작했다. 그냥 나만의 기분일지도 모르겠지만, 그때 그 선배의 표정은 미묘하게 굳어 있었다.

진료를 마치고 나왔지만 나는 바로 집으로 돌아가지 않았다.

그 교수의 하루 진료가 모두 끝날 때까지 문밖에서 기다렸다. 마지막 환자가 나온 후 조심스럽게 진료실 문을 열고 들어갔다. 교수는 먼저 자리에서 일어날 준비를 하고 있었고, 그 선배는 남아서 그날 진료한 내용을 정리하고 있었다. 교수에게 저분이 제 학교 선배인데 잠시 전할 말이 있어서 들어왔다고 말했다. 교수는 그러냐고 하면서 그럼 다음 진료 때 보자는 이야기를 하고 떠났다. 마침 간호사도 자기 물건을 챙겨서 방을 나갔다. 이제 방에는 나와 그 선배 둘만 남았다.

"놀라셨죠?"

선배가 먼저 말을 꺼내기 쉽지 않을 듯하여, 내가 먼저 물었다. 그러자 선배가 대답했다.

"응, 나는 네가 여기 다니는지 몰랐네."

나는 단도직입적으로 요구 사항을 말했다.

"선배님, 학교 사람들한테 얘기하지 말아주세요. 부탁드려요."

선배는 그러겠다고 했다. 이번에도 나는 믿기로 했다. 선배가 괜찮은 사람이기도 했지만, 무엇보다 그렇게 생각해야 마음이 편할 것 같았다. 내 심장 병력이 학교에 알려지는 것은 상상만 해도 끔찍했다. 부디 그 선배가 비밀을 지켜주기를 바랄 뿐이었다.

남들과 다르다는 걸 알았기에, 다르지 않기 위해서 부단히 노력했다. 그와 동시에 남들과 다른 점은 애써 숨기고자 했다. 그런데 지금 와서 생각해보면, 남들이 나를 어떻게 생각하는지는 진짜 문제가 아니었다. 나를 세상에 그대로 드러낼 용기가 없었다. 보다 근본적으로는 나 스스로 있는 그대로의 내 모습을 받아들이지 못했다. 하지만 다행스럽게도 졸업 전에 그걸 바로잡을 기회가 있었다.

앞서 본과는 고3의 연장 같다고 했지만, 본과 3학년의 중반에 이르면 또 다른 전환기를 맞는다. 3학년 2학기부터는 교실에서 병원으로 장소를 옮겨 실습이 시작되기 때문이다. 이를 두고 흔히 '폴리클'이라고 한다. 의대생들은 이때까지도 아직 학생 신분이지만 처음으로 흰 가운을 입고 병원에 입성한다. 그래서 외부인이 보기에는 의사인지 학생인지 사실 구분하기가 쉽지 않다. 폴리클을 시작하기 전에 화이트 코트 세리머니(White Coat Ceremony)라는 조촐한 행사를 열기도 한다. 참고로, 우리가 흔히 의사라고 하면 떠올리는 흰 가운을 영미권에서 화이트 코트(White Coat)라고 부른다.

폴리클 기간은 본과 3학년 중반부터 4학년 여름방학까지 총 1년 동안인데, 내과나 외과 같은 소위 메이저 과들에서 한 달씩, 그리고 그 밖의 마이너 과들에서 1주에서 2주 정도씩 보내게 된다. 그렇게 1년간의 폴리클 과정을 거치고 나면 본과 4학년 여름이 된다. 그때부터 의대생들은 의사국가시험, 줄여서 '국시'를 준비하는 데 전념한다.

본격적인 국시 준비 기간에 앞서, 폴리클의 마지막 한 달 동안 타 기관으로 떠나는 외부 실습이 있었다. 학생들이 부속 대학병원을 벗어나 다양한 경험을 하도록 돕겠다는 취지였다. 학생들은 이 한 달이라는 시간을 각자의 계획에 따라 나름대로 활용했다. 어떤 이는 종교 단체를 통해 해외 의료봉사를 떠나기도 했고, 또 어떤 이는 정부 기관처럼 환자 진료가 주 업무가 아닌 기관에 다녀오기도 했다. 개중에는 지인의 병원에 이름만 걸어두고 해외여행을 떠나는 경우도 있었다.

연어의 회귀본능 비슷한 것이었을까. 나는 내가 수술받은 바로 그 대학병원의 소아흉부외과로 실습을 나가기로 했다. 그렇게 마음을 먹고 가장 먼저 주치의 윤 교수를 찾아갔다. 학교에서 외부로 실습을 나갈 기회가 생겼는데, 여기서 그 시간을 쓰고 싶다고 말했다. 교수는 나를 적극적으로 도와주겠다고 했다. 왜 그렇지 않겠는가. 갓난아기 때부터 돌봐오던 환자가 이제 곧 의사가 되겠다고 하는데. 참고로 윤 교수의 소속 과는 소아청소년과이다. 나는 소아흉부외과에서 수술을 받았지만, 그 이후 관리는 소아청소년과에서 심장을 전문으로 진료하는 윤 교수에게 받고 있었다. 윤 교수는 곧바로 소아흉부외과 교수에게 나를 연결해주었다. 그렇게 한 달 동안 소아흉부외과에서 실습을 하게 되었다.

오래전 수술을 받던 날의 기억이 어렴풋하게 남아 있다. 아침

6시, 평소보다 일찍 일어나 수술 대기실로 향했다. 내가 수술실로 들어갈 때까지 어머니는 나의 손을 놓지 않았다. 이윽고 내 차례가 되었고 나는 이동식 침대에 반듯이 누워 천장을 바라보았다. 내가 실린 이동식 침대가 수술실로 향하는 동안 천장에 달린 형광등이 발아래에서 머리 위로 스쳐 지나갔다. 수술실에 도착했을 때 그곳엔 이미 여러 사람들이 저마다 분주히 움직이고 있었고 복잡한 기계들의 신호음이 들려왔다. 잠시 후 나는 수술대로 옮겨 누웠고, 누군가가 이제 잠을 잘 거라며 얼굴 위에 투명한 마스크를 씌워주었다. 얼마의 시간이 흘렀을까. 갑자기 주변이 밝아졌다. 좀 전과는 다른 장소였다. 멀리서 뚜뚜뚜 기계음들이 들려왔다. 내 상태를 체크하며 오가는 의료진들의 모습이 뿌연 시야를 비집고 들어왔다. 수술이 끝난 후의 중환자실이었다.

환자로 처음 왔던 그 공간에, 10년이 지나 예비 의사가 되어 돌아왔다. 그때는 흰색 바탕에 줄무늬가 그어진 환자복을 입고 있었지만, 이제는 파란색 수술복을 입고 있다. 그때는 수술대 위에 누워 있었지만, 이제는 그 옆에 서 있다. 내가 잠든 순간부터 중환자실에서 깨어났을 때까지, 내게 분명히 일어났으나 직접 볼 수 없었던 그 비밀스러운 시공간의 문이 열리고 있었다.

이른 아침부터 어린 환자들이 수술대 위에 올라왔다. 어깨에 예방 접종을 하나 맞히려고 해도 울고불고할 아이들인데, 그에 비할 수 없는 심장 수술 앞에서는 놀랍도록 차분했다. 아이들은 이동 침대에서 수술대로 옮겨 가라는 말을 듣고 고분고분 옮겨 갔다. 누우라는 말에 또 그대로 따랐다. 잠시 후 잠이 들고, 가슴을 열고, 심장을 드러냈다. 나는 그 모습을 지켜보며 생각에 잠겼다.

'저 아이들에게는 앞으로 어떤 인생이 기다리고 있을까. 내가 그랬듯 남몰래 숱한 눈물을 흘리겠지. 그래도 이겨내야 한다. 남들에게는 별거 아닌 그 평범한 삶을 위해서.'

하루의 수술 스케줄이 모두 끝난 뒤, 오후 늦게 혼자서 불이 꺼진 수술실을 다시 찾았다. 수술실 바닥은 말끔하게 청소되어 있었고, 기계들도 조용히 잠들어 있었다. 몇 시간 전까지만 해도 분주하게 돌아가던 곳이라는 사실이 믿기지 않았다. 수술실 한가운데 놓인 빈 수술대가 눈에 들어왔다. 10년 전에 내가 수술을 받기 위해 누웠던 곳을 손으로 만져보았다.

눈을 감고 그 수술을 받기 전날 저녁을 떠올렸다. 그날 나는 병실의 창문 건너 의학도서관에 있는 이들을 보며 다짐했었다. '병실에서 의학도서관을 바라보는 삶'이 아닌 '의학도서관에서 병실을 바라보는 삶'을 살겠다고. '환자들을 바라보는 삶'을 살겠다고. 이 수술대에 누워 있던 나는 그 다짐이 이렇게 현실이 될 거라는 걸 정말 믿고 있었을까. 그리고, 지금의 나는 정말 나를 믿고 있을까.

그제야 비로소 깨달았다. 과거의 나와 지금의 나는 분리할 수 없었다. 이제는 숨기지 않기로 했다. 그리고 숨지 않기로 했다. 남들이 나에 대해 어떻게 생각할지보다, 내가 스스로를 어떻게 생각하는지에 귀 기울이기로 했다. 나의 과거와 현재 그리고 미래를 믿기로 했다.

긴 시간 남의 시선을 무척이나 신경 쓰며 살았었다. 조금 더 자신 있게 살았어도 좋았겠다는 아쉬움이 남는다. 그런데 또 한편으로 생각해보면, 그때 그렇게 남들을 의식했던 기억이 있었기에, 이후에는 나 자신의 목소리에 더욱 귀를 기울일 수 있지 않았나 싶다.

세상에 의미 없는 경험은 없다고 하던데, 정말 그렇다. 남들 속에 섞이려고 부단히 노력했던 의대생 시절조차도 나를 만들어가는 여정이었다. 그 길을 돌고 돌아서 지금 여기에 내가 서 있다. 물론 아직도 갈 길이 먼 미완의 삶이지만.

"의사, 판사, 검사……

세상 사람들이 선망하는 이런 직업들의 공통점이 뭔 줄 아니?"

2

심장병 어린이,
의사가 되다

이틀 동안 치러지는 의사고시는 지난 6년간의 의대 생활을 마무리 짓고 의사로 거듭나기 위해 거쳐야 할 마지막 관문이었다. 1월 초의 살을 에는 듯한 추위에 숨을 내쉴 때마다 코밑으로 김이 퍼져나갔다. 의사고시 시험장은 지어진 지 40년이 다 되어가는 고등학교 교실이었는데 하필이면 자리도 창문 바로 앞이었다. 오래된 건물의 커튼 하나 없는 유리창은 바깥의 추위를 막아내기에는 역부족이었다. 덕분에 정신을 차리기에는 좋을 것 같았다. 차가운 커피 한 잔으로 정신을 깨우고 곧 시작될 시험을 기다렸다. 첫날 첫 시간은 의학 총론으로, 80분 동안 의학에 대한 기본 지식을 묻는 문제들을 풀어내야 했다.

예정된 시각이 되자 감독관들이 교실로 들어왔다. 감독관들은 곧 시작될 시험에 대한 기본적인 설명을 한 후, 시험지와 답안지를 나눠주었다. 그러고는 지시가 있기 전까지 시험지와 답안지를 엎어두고 기다리라고 했다. 잠시 후 교실 스피커를 통해서 시험 시작을 알리는 종이 울렸다. 그와 동시에 교실 안에 있는 사람들은 일제히 자기 앞의 시험지를 뒤집고 문제를 풀기 시작했다. 나도 숨을 깊게 한 번 들이쉬고 시험지 첫 장을 펼친 뒤, 한 문제 한 문제 차분하게 풀어나갔다.

그런데 얼마 지나지 않아 미처 예상치 못한 상황이 벌어졌다. 시험지를 펼치고 10분 정도가 흘렀을 때였다. 아랫배에서 심상찮은 신호가 올라오기 시작했다. 아차 싶었다. 마치 고속버스를 타고 가다 조금 전 휴게소를 떠났는데, 화장실에 가지 않은 게 후회되는 상황 같았다. 시간이 갈수록 긴박감의 강도가 더욱 세졌다. 좀 전에 마신 커피의 이뇨작용에다 추운 날씨까지 겹친 탓이었다. 코끼리를 생각하지 말라고 하면 코끼리가 머릿속에서 떠나지 않는다고 했던가. 신경을 쓰면 쓸수록 더욱 다급해졌다. 아직 첫 시간의 절반도 채 지나지 않은 시점이었다.

결국, 교실 앞의 감독관을 향해 손을 들었다. 감독관은 나를 보더니 새 답안지를 주섬주섬 챙겼다. 내가 답안지를 새 걸로 바꿔달라고 할 줄 알았나 보다. 감독관이 내 옆에 도착했다. 나는 감독관에게 화장실을 좀 다녀오면 안 되겠냐고 물어봤다. 답안지를 바꿔달라고 할 줄 알고 왔던 감독관은 예상치 못한 질문을 받고 약간 당황한 듯했다. 하지만 감독관은 이내 시험이 끝날 때까지 나갈 수 없다고 확실하게 선을 그었다.

감독관의 그런 대응은 당연한 것이었다. 명색이 국가가 주관하는 시험을 치르는 중인데 예외가 있을 수는 없었다. 만약 내가 화장실을 다녀왔다가 다시 자리로 돌아오기라도 한다면, 부정행위에 대한 시비가 불거질 수도 있었다. 다행히 감독관은 꽉 막힌 사람은 아니었다. 안 된다는 말을 듣고 곤혹스러워하는 내 표정을 보더니 다른 대안을 제시해주었다. 답안지를 제출하고 다시 돌아오지 않는 조건으로 화장실을 보내주겠다는 것이었다. 고민이 됐다. 아직 시험 문제를 끝까지 한 번 다 풀지도 못한 상황이었다.

그러는 동안 아랫배는 거의 한계점에 도달했다. 시험이고 뭐고 당장이라도 화장실로 뛰어가고 싶었다. 하지만 시험도 마치지 않고 교실을 나가버리면 국시 탈락이라는 냉혹한 현실이 기다리고 있었다. 그리고 국시 탈락은 곧 재수를 의미했다. 앞으로 남은 한 시간을 어떻게 넘기는지에 따라 그 이후 365일의 향방이 결정되었다. 나는 감독관에게 시험 문제를 다 풀고 답안지를 제출한 후 화장실에 가겠다고 말했다.

그때부터 전광석화처럼 빠르게 문제를 풀기 시작했다. 원래는 답이 헷갈리는 문제를 나중에 다시 볼 생각이었다. 하지만 더는 그럴 여유를 부릴 상황이 아니었다. 매 순간 모든 집중력을 쏟아부었다. 문제를 풀고 검토 없이 곧바로 답안지 표시까지 단숨에 마무리했다. 0점 처리가 되지 않도록 수험 번호와 과목 번호만 한 번 더 확인했다. 그렇게 답안지를 완성하고 다시 손을 들었다. 시험 종료까지 아직 30분 넘게 남은 시점이었다. 정신이 혼미해지고 있는 상황 속에서 도저히 불가능하리라 생각했던 일을 마치고야 말았다.

감독관은 지금 답안지를 내고 나가면 이번 시간에는 다시 자리로 돌아올 수 없다는 사실을 거듭해서 강조했다. 그리고 보조 감독관을 한 명 불렀다. 그에게 내가 화장실에서 일을 보는 동안 뒤에서 지켜보다가 일을 마친 후에 감독관 대기실로 안내하라고 말했다. 나는 답안지를 내자마자 뒤도 돌아보지 않고 화장실로 향했다. 그렇게 긴박한 상황을 가까스로 넘겼다. 그동안 보조 감독관은 내 뒤에 계속 서 있었다. 아무래도 좋았다. 어쨌든 이제 좀 살 것 같았다.

감독관 대기실은 교무실 한편에 마련돼 있었다. 나는 한가운데에 놓인 기름 난로 가까이에 다가가 몸을 녹였다. 나는 거기서 첫 시간이 끝날 때까지 기다려야 했다. 한참을 그러고 있다 보니 여러 잡생각이 들었다. 그중 대부분은 '내가 왜 그랬을까' 하는 후회였다. 아침에 커피를 마신 것부터 추운 날 옷을 가볍게 입고 온 것까지 하나하나 다 후회스러웠다. 다 떠나서, 시험 전에 화장실만 잠깐 다녀왔어도 지금처럼 대기실에서 시간을 죽이고 있는 일은 없었겠다는 생각이 들었다.

어차피 벌어진 일이니 기왕이면 좋은 쪽으로 생각하기로 했다. 시험 볼 때 중간에 답을 바꾸면 틀리는 경우가 많다는 속설을 믿기로 했다. 차라리 답을 바꿀 여유가 없었다는 게 다행일지도 모를 일이었다. 혹시 국시에 떨어지더라도, 화장실에 가느라 떨어졌다고 말할 수 있는 핑곗거리도 생겼다. 이래저래 차라리 잘되었다고 생각했다. 한편으로는 그 긴박한 상황에서 어떻게든 문제를 끝까지 다 풀고 나왔다는 사실에 스스로가 대견했다.

이튿날 시험에서는 같은 실수를 반복하지 않기 위해서 만반의 준비를 갖췄다. 추위에 버틸 수 있도록 바지 안에 운동복을 껴입었고, 커피는 당연히 마시지 않았다. 첫째 날의 뼈저린 경험 덕분인지 둘째 날에는 별 탈 없이 무난하게 시험을 마칠 수 있었다.

일주일 후 합격자 발표일이 되었다. 발표 당일 아침, 방문을 닫고 컴퓨터 앞에 앉았다. 의사고시는 10명 중 9명이 붙는 시험이라고 한다. 하지만 그런 사실마저 부담스러웠다. 첫 시간 때 있었던 돌발 상황으로 합격을 장담할 수 없었기 때문이다. 10명 중 1명에 속하게 될지도 모를 일이었다. 국시원 사이트를 열고 합격자 발표 페이지를 열었다. 심호흡을 한 번 하고 이름과 주민등록번호를 입력한 뒤, 눈을 감고 엔터 키를 눌렀다.

이미 화면에는 결과가 떠 있을 것이다. 눈만 뜨면 결과를 확인할 수 있었다. 하지만 나는 아직 준비가 되지 않았다. 마음을 가다듬고 10여 초가 흐른 후 조심스레 실눈을 떴다. 속눈썹에 가려진 가느다란 시야 너머로 눈감기 전에는 없던 문장이 하나 적혀 있었다.

"제70회 의사국가고시 합격을 축하합니다."

거기에 그렇게 적혀 있었다. 정말로 그렇게 적혀 있었다. 그 문장은 이제 내가 의사라는 걸 알려주고 있었다.

'세상에, 내가 의사가 되었다니.'

가장 먼저 부모님에게 이 소식을 전하고 싶었다. 방문을 열고 나왔다. 아버지가 거실 바닥에 신문을 펴놓고 기사를 읽고 있었다. 아버지는 오늘이 합격자 발표날인 것을 모르고 있었다. 뭔가 감격적으로 이 소식을 전하고 싶었다. 그런데 막상 그 순간이 되니 딱히 방법이 떠오르지 않았다. 나는 아버지 앞으로 걸어가서 아무 말도 하지 않고 가만히 서 있었다. 아버지는 고개를 올려 나를 쳐다보았다. 무슨 일이냐는 뜻이었다. 그제서야 내가 말했다.

"제가, 오늘 제가, 드디어 의사가 됐습니다."

그러자 아버지가 담담하게 말했다.

"그래, 수고했고. 의사답게 살아라."

역시 아버지다운 대답이었다. 약간의 침묵이 흐른 후, 아버지는 내게 질문 하나를 던졌다.

"의사, 판사, 검사… 세상 사람들이 선망하는 이런 직업들의 공통점이 뭔 줄 아니?"

나는 아무 말도 하지 않았다. 그저 아버지가 답할 때까지 기다렸다.

"누군가의 고통이 그 존재 이유라는 점이다. 그 사실을 절대로 잊지 말거라."

나는 한동안 잊고 있었다. 의사라는 직업의 본질이 무엇인지. 내가 왜 의사가 되려고 했는지. 시험 점수를 쫓는 동안 나의 의식 속에서 희미해지고 있던 것이 무엇이었는지. 의사가 된 바로 그 날, 아버지는 그걸 다시 일깨워주고 있었다. 아버지는 내가 원래 누구였는지 묻고 있었다.

'내가 원래 누구였는지'라는 점에 있어서, 내가 의사가 되었다는 소식을 전해야 할 또 한 사람이 있었다. 바로 주치의 윤 교수였다. 윤 교수가 나를 처음 만난 건 그의 나이 30대 중반을 지나고 있을 때였다. 내가 심장병 환자로 대학로 옆 병원에서 삶을 시작했을 때, 그는 이제 막 소아과 교수로서의 경력을 시작하던 참이었다. 그로부터 20년이 훌쩍 넘는 시간이 흘렀다. 그는 이제 3년 후면 정년 퇴임을 앞두고 있었고, 그때 그 갓난아기는 의사가 되었다.

마침 며칠 후가 3개월마다 돌아오는 정기 진료일이었다. 의사가 된 후 처음으로 대학로에 있는 병원을 찾았다. 그날도 여느 때처럼 소아과 외래 진료실 앞에 도착했다. 선천성 심장병 환자는 성인이 되어서도 소아과에서 진료를 받는 경우가 있다. 진료의 연속성 때문이다. 가끔 소아과를 다니는 성인 선천성 심장병 환자들의 이야기가 언론에 소개되기도 하는데, 내가 바로 그런 경우이다. 나는 외래 간호사가 호명할 때까지 진료실 앞의 빈자리에 앉아서 기다렸다.

잠시 진료실 앞에서 주변을 둘러보았다. 이 공간에서 숱한 시간을 보냈다. 기억도 나지 않는 어린 시절부터, 원치 않게 학교 수업을 빠져야 했던 학창 시절을 지나, 이렇게 의사가 되어 돌아올 때까지. 나는 잠시 회상에 젖었다. 그렇게 얼마나 시간이 흘렀을까. 외래 간호사가 내 이름을 불렀다.

진료실 문을 열고 안으로 들어서니, 먼저 온 아이들 서너 명이 같은 공간에서 차례를 기다리고 있었다. 앞의 아이가 진료받는 내용을 뒤에서도 들을 수 있었다. 요즘에는 다들 사생활 보호에 민감하기 때문에, 앞에서 진료받고 있는 환자가 아무리 어린아이라도 다음 사람이 미리 들어가서 기다리지 않는다. 하지만 그때는 그런 게 아무렇지도 않게 받아들여졌다. 워낙 전국 각지에서 환자가 밀려드는 병원이다 보니, 같은 진료실 안에서 함께 기다리는 것 정도를 갖고 불평하는 이는 없었다. 한편으로는 같은 처지에 있는 이들끼리 어떤 막연한 공감대 같은 것도 있었다.

앞에 아이들이 진료를 마치고 내 차례가 되었다. 나는 윤 교수에게 공손히 인사를 하고 의자에 앉았다. 항상 그렇듯 진료는 그리 오래 걸리지 않았다. 교수는 내게 그간 불편한 점이 있었는지 묻고, 두 손으로 옷을 올리게 한 후 청진기를 움직였다. 그러고 나서 옆자리의 레지던트에게 기록할 내용을 알려줬다. 교수는 내 쪽으로 돌아앉아서 심장 소리가 괜찮으니 잘 지내다 다음에 또 보자고 말했다. 그리고 내게 줄 약을 처방하기 위해서 모니터 쪽으로 다시 고개를 돌렸다. 이제 내가 기다리던 순간이 왔다. 나는 자리에서 일어나기에 앞서 윤 교수에게 말했다.

"저, 교수님, 저도 이제 의사가 되었습니다."

윤 교수는 잠시 하던 일을 멈추고 다시 내 쪽으로 몸을 돌렸다. 그가 단단한 목소리로 말했다.

"그래, 앞으로 열심히 해봐."

그 순간 나는 코끝이 찡해졌다. 그는 "그동안 고생했다"라고 말하지 않았다. "앞으로 열심히 해봐"라고 말했다. 그의 말은 '그동안'이 아니라 '앞으로'로 시작했다. 그는 내가 '그동안' 지나온 과거가 아니라 '앞으로' 가야 할 미래에 대해 말하고 있었다. 그 시간만큼은 나를 환자가 아닌 의사로 보고 있었던 것이다. 잠깐 순간에 비친 그의 본심이 고마웠다.

나는 주위를 둘러보았다. 내 앞에서 먼저 진료를 마치고 옷을 주섬주섬 입고 나가려는 어떤 아이와 그의 어머니, 그리고 내 뒤에서 차례를 기다리고 있던 또 다른 아이들과 그 어머니들이 있었다. 그들은 나와 교수가 나누는 대화를 다 듣고 있었다. 그것은 사실 내가 그들도 들을 수 있도록 크게 말했기 때문이기도 했다. 나는 그들에게 '같은 진료실을 거쳐간 어떤 한 사람이 커서 의사가 되었다'는 사실을 알려주고 싶었다.

육상 경기에 '마의 벽'이라는 말이 있다. '인간이 만약 1마일을 4분 안에 뛰려고 한다면 심장이 견디지 못하고 파열할 것'이라는, 20세기 초 육상계에 널리 퍼져 있던 믿음에서 유래한 이 말은 결코 넘을 수 없다고 여겨지는 한계를 가리킨다. 당시 사람들에게 '1마일에 4분'은 인간이 결코 넘을 수 없는 '마의 벽'이었다. 하지만 이 벽은 1954년 5월 6일 영국 옥스퍼드 대학교 의대생 로저 배니스터(Roger Bannister)가 1마일을 3분 59초 4에 주파하며 깨지게 된다.

그런데 더 놀라운 일은 그다음부터 이어진다. 배니스터가 4분 벽을 돌파한 지 한 달이 채 지나지 않아 10명, 1년 후에는 27명, 그리고 2년 후에는 무려 300명이 넘는 선수들이 마의 4분 벽을 뛰어넘는다. 사실 '마의 벽'은 사람들의 마음속에 있었던 것이다. 누군가 그것을 깨버리면 그 이후에 따라오는 이들에게 그것은 더 이상 '마의 벽'이 아니게 된다.

나는 그 아이들에게, 그리고 그들의 부모에게, 심장병은 그들

인생을 가로막는 '마의 벽'이 아니란 걸 보여주고 싶었다. 그들이 앞으로 걸어가야 할 길을 한발 앞서 걸어가본 사람으로서 그들도 얼마든지 이 세상에서 하고 싶은 일을 하면서 살 수 있다는 걸 알려주고 싶었다.

나는 아직도 생생하게 기억한다. 내가 그날 의사가 되었다고 말했을 때 그들의 지쳐 있던 눈빛이 잠시나마 반짝였던 것을. 그날 진료실에 있던 아이들과 부모의 마음속 '마의 벽'에는 조금씩 금이 가고 있었다.

내가 그 병원에 들어가려던 가장 큰 이유는

사실 남들이 나를 대단하다고 여길 거라는 기대 때문이었다.

　　　　　　　1년의 휴식을 거치는 동안 나는 남들과 다르게

　　　　　　　인정 욕구를 내려놓겠다고 다짐했지만,

　　　　　　　실제로는 그것을 버리지 못하고 있었다.

3 _____

나를
떨어뜨려 줘서 고맙습니다

　나는 대학교 졸업 후 1년 동안 휴식기를 보내기로
했다. 그때까지 쉴 새 없이 달려온 삶을 되돌아보는 시간을 갖고
싶었다. 20대 중반의 나이까지 쉼 없이 달려온 나 자신에게 주는
선물이었고, 그 이후 이어지게 될 삶을 준비하며 숨을 고르기 위
한 시간이기도 했다. 나름 오랜 고심 끝에 내린 결정이었다.
　처음 얼마 동안은 그렇게 좋을 수 없었다. 아침마다 조금 더
눈을 붙이겠다고 이불 속으로 숨을 필요도 없었다. 알람을 끄고
"5분만" 하는 생각에 다시 이불 속으로 들어갔다가 시간이 훌쩍
지나가버린 경험이 많았던 터라, 알람 때문에 더 이상 아침잠을
방해받지 않을 수 있다는 것만으로도 큰 행복이었다.

하지만 그런 만족감은 오래가지 않았다. 아무것도 하지 않는다는 것이 생각만큼 쉽지 않다는 것을 깨달은 것은 며칠 지나지 않아서였다. 처음에는 10시, 그리고 나중에는 정오쯤 이불 밖으로 기어 나오면 내 주변에는 적막감이 감돌고 있었다.

내가 알던 다른 사람들은 무얼 하고 살까 궁금했다. 컴퓨터 화면 오른쪽 아래에 메신저를 열고 로그인 중인 친구에게 인사를 건넸다. 하지만 바로 대답이 돌아오지 않았다. 언제쯤 대답이 올지 멍하니 기다리다가 불현듯 깨달았다. 그들이 내 인사에 답변을 바로 하지 않은 것은 나와는 다르게 학교나 직장에서 자기의 자리를 지키고 있었기 때문이다. 컴퓨터 앞에 앉아서 메신저나 하고 있을 만큼 한가하지 않았기 때문이다. 만약 나도 어딘가에서 자리를 지키고 있었다면 대답이 늦었다는 것을 의식하지 못했을지 모른다.

하루는 아침 운동이라도 해볼 생각으로 자전거를 끌고 나왔다. 출근길에 나선 사람들로 가득한 버스가 내 앞으로 지나갔다. 세상은 여느 때처럼 바쁘게 돌아가고 있었다. 그들과 나의 모습이 너무 대조되었다. 이제 막 기차가 떠난 플랫폼에 나 홀로 서 있는 것 같은 기분이었다. 어디에도 속해 있지 않다는 느낌은 결코 홀가분한 것만은 아니었다.

바쁘게 살고 있지 않으면 불안하다. 그리고 어쩌다 만난 사람들 앞에서 주눅 들게 된다. 어딘가에 속해 있지 않다는 것이 내

결심에 의한 것일지라도, 현재 아무것도 하지 않고 있다는 사실에 대해서 상대방이 어떻게 생각할지 의식하게 된다. '혹시 내게 문제가 있다고 여기지 않을까' 같은 잡생각만 늘어난다. 무언가를 하고 있지 않을 때, 어딘가에 속해 있지 않을 때의 불안감은 어딘가에 들어가서 무언가를 하도록 등을 떠민다.

그 불안감을 자세히 들여다보면, 그것은 결국 남에게 인정받고 싶은 욕구이다. 자신도 이 세상에서 나름의 역할을 하고 있다는 인정을 받고 싶은 것이다. 그 역할을 잘 해내고 있다는 걸 보여주고 싶은 것이다. 하지만 그러다 보면 결국 정신없이 바쁜 일상에 갇혀버린다. 어릴 적 바다에서 조난당했을 때의 생존법을 다룬 책을 읽은 적이 있다. 그중 아직도 기억나는 내용은 목이 마르더라도 절대 바닷물로 해결하지 말라는 것이다. 그동안 인정 욕구에서 비롯된 갈증을 바쁜 일상이라는 바닷물로 해결하려고 하지는 않았는지 되돌아보았다.

오롯이 휴식을 위해 썼던 1년은 나름 값진 시간이었다. 그때까지 남들과 같은 길을 가기 위해서 떠밀리듯 살아왔다면, 이제는 그렇게 살지 않을 수 있겠다는 자신감이 생겼다. 남의 인정이 아닌 오로지 나의 주관대로 인생을 바라보는 첫걸음을 뗀 것이다. 이제는 남들이 어떻게 생각하든 간에 내가 하고 싶은 것을 하면서 살기로 마음먹었다.

어느덧 시간은 흘러서, 다시 현실로 돌아갈 시간이 되었다. 1년 만에 의과대학 졸업생 무리에 섞여서 내가 일하게 될 병원을 선택해야 하는 시기가 돌아온 것이다. 취직할 직장을 고르는 의사들의 모습은 다른 전공 졸업생들의 그것과 크게 다르지 않다. 단지 그 직장이 병원이라는 점만 다를 뿐이다. 대부분의 신규 의사들은 수련병원에서 일을 시작하는데, 이렇게 수련병원에서 인턴, 레지던트 과정을 마쳐야 특정 과의 전문의가 될 수 있다.

나도 어느 병원에 지원할지 결정했다. 내가 걸음마를 떼기 전부터 평생을 환자로 드나들었던 병원, 후문을 나서면 대학로가 있는 바로 그 병원에 지원하기로 마음을 굳혔다. 나를 치료해준 의사들과 어깨를 나란히 하며 일하고 싶었다. 나의 모습을 보고 나처럼 아팠던 아이들이 희망을 얻을 수 있으리라 생각했다. 또 한편으로는 나를 대단하다고 평가할 주변 사람들의 시선도 내심 기대됐다. 이런저런 이유가 한데 섞여서 어느새 그 병원은 내가 의사가 되면 반드시 일하고 싶은, 아니 일해야 하는 병원이 되었다.

어느 날, 그 병원에서 나의 모교인 고려대학교 의과대학에 채용 설명회를 하러 온다는 소식을 접했다. 나는 다른 일정을 모두 뒤로 미루고, 채용 설명회 날짜에 맞추어 학교를 찾았다. 겨우 1년 전까지만 해도 매일같이 드나들던 곳인데, 졸업 후의 강의실은 어딘지 모르게 낯설게 느껴졌다.

문 앞에서 잠시 망설이다가 조심스레 문을 밀고 들어가 강의실 뒤쪽에 자리를 잡았다. 이어서 몇 명이 더 들어와서 비어 있는 자리를 채웠다. 잠시 후 예정된 시간이 되었다. 사회자는 간략하게 병원 소개를 한 후, 고개를 돌려서 강의실을 찾은 그 병원의 교육수련부장을 단상 위로 불러 세웠다. 교육수련부장은 수련병원 내 인턴, 레지던트 들의 채용과 수련에 관련된 업무를 총 책임지는 자리다. 병원 내에서 몇 손가락 안에 꼽히는 아주 중요한 직책이라고 할 수 있다.

우리나라를 대표하는 병원의 핵심 간부 의사가 이제 막 의과대학을 졸업한 의사들을 채용하겠다고 다른 대학교 강의실에 나타났다. 비유하자면 삼성이나 현대 같은 대기업의 주요 임원이 대학교 신입 사원 채용 설명회에서 마이크를 잡고 있는 상황인 것이다. 다른 전공은 어떤지 잘 모르겠으나, 병원 쪽에서 그런 일은 보통 그 의과대학 출신의 인턴이나 레지던트 저연차가 담당하기 마련이다. 그리고 사실 그 병원은 그런 홍보를 할 필요조차 없을 정도로 신규 의사들이 지원하려고 줄을 선 병원이었다. 그런 상황에서 교육수련부장이 채용 설명회에 직접 나섰다는 것은 이들이 인재 채용에 얼마나 진정성을 갖고 접근하고 있는지를 보여주는 것이라고 할 수 있었다.

하지만 더 놀라운 일이 이어졌다. 사회자의 소개를 받고 연단에 오른 그 교육수련부장의 얼굴이 낯이 익었다. '설마' 하며 눈을 크게 뜨고 다시 확인했다. 세상에, 내가 아는 사람이었다. 그것도 그냥 알고 있던 게 아니라, 내가 본과 3학년 때 그 병원에서 실습할 수 있도록 이끌어준 흉부외과 교수였다. 따로 연락할 생각조차 안 하고 채용 설명회를 찾았는데 그사이 교육수련부장이 되어 그 자리에서 다시 만나게 된 것이다.

채용 설명회가 끝나고, 나는 그 교수가 앉아 있는 앞자리로 내려가서 악수를 청했다. 나를 본 그 교수는 환하게 웃으며 내 손을 꼭 잡으면서 꼭 자기네 병원에 지원하라고 했다. 이런 게 바로 운명인가 보다 싶었다. 그동안 환자로 다니던 그 병원에 의사가 되어 돌아가겠다는 꿈, 구체적으로 무엇을 해야 할지는 몰랐지만 그래도 오랫동안 마음에 품고 있던 막연한 꿈이 이제 현실에서 그 모습을 드러내고 있었다.

하지만 아직 안심하기에는 일렀다. 사실 내 성적은 그 병원에 합격하기에는 조마조마했다. 그래서 결과를 장담하기에는 아직 일렀다. 게다가 원서 접수가 마감된 후 공개된 경쟁률은 예상했던 것보다 훨씬 높았다. 어쩌면 떨어질 수도 있겠다는 생각이 들었다. 원래 손에 확실히 잡을 수 있는 것보다도 잡을 듯 말 듯한 것이 더욱 사람의 마음을 잡아당기는 법이다. 그래서 더욱 절실했는지도 모른다. 지금도 생각해보면 그 이전까지 무언가를 그만큼 강하게 갈구했던 적이 없었다.

밤이 되면 무릎을 꿇고 두 손을 모아 기도했다. 마음속에서 혹시라도 떨어질지 모른다는 불안감이 불쑥불쑥 고개를 들어도, 생각이 현실이 될까 봐 애써 좋은 쪽으로 방향을 돌렸다. 부끄러운 고백이지만, 개인적으로 인연이 있는 교수가 채용 책임자로 있다는 점에도 기대를 걸었다. 비록 점수가 조금 모자란다고 하더라도 설마 나를 떨어뜨리지는 않을 거라는 막연한 믿음이 있었다.

시간이 흘러 합격자 발표날이 되었다. 나는 아침 9시부터 병원 홈페이지의 채용 공고 게시판을 열고 기다렸다. 아직 담당자가 준비를 하고 있는지 합격자 명단은 올라오지 않았다. 인터넷 창의 새로 고침을 누르며 초조한 마음으로 기다렸다. 10분, 20분, 시간이 흘러도 명단은 올라오지 않았다. 그들 입장에서도 합격자 발표는 실수해서는 안 되는 중요한 일일 테니, 검토를 거듭하느라 그러겠거니 했다. 마음속으로는 '제발, 제발' 하고 되뇌었다.

오전 10시를 조금 넘겼을 때 합격자 명단이 올라왔다. 1분도 채 지나지 않았는데 글 제목 오른쪽에 표시된 조회 수는 그사이에 이미 수십 명이 다녀갔다는 걸 알리고 있었다. 그 순간 나는 오히려 담담해졌다. 어차피 결과는 정해진 것이라고 생각하니 마음이 편해졌다. 심호흡을 하고 엑셀 파일로 만들어진 합격자 명단을 열어보았다. 접수 번호 순서대로 나열되어 있었다. 나의 앞 번호, 그리고 내 번호가 있을 자리. 하지만 나를 건너뛰고 다음 번호로 바로 이어졌다. 그 자리에 내 이름이 있어야 했다. 그런데 없었다. 순간 마음이 철렁 내려앉았다.

처음에는 착오일 거라고 생각했다. 그래서 다시 수정된 합격자 명단이 올라올 때까지 인터넷 새로 고침을 몇 번이고 다시 해봤다. 하지만 그날 오후가 되도록 그런 일은 일어나지 않았다. 내가 받아들이건 받아들이지 않건 결과는 이미 정해졌다. 나는 탈락했다.

말로 표현하지 못할 정도로 괴로웠다. 너무 괴로워서 며칠간 식사도 못하고 집 밖으로 나가지도 못했다. 현실을 받아들이기 힘들었다. 그 병원은 내가 생각한 여러 가능성 중의 하나가 아니었다. 그곳은 당시에 내가 가고 싶은 단 하나의 병원이었다. 하지만 내게는 허락되지 않았다. 나는 그저 이 상황이 꿈이기를 바랐다.

하루 이틀이 흐르고 일주일 이 주일이 흘렀다. 방 안에만 틀어박혀서 아무도 만나지 않았고, 심지어 인터넷도 하지 않았다. 오로지 하는 것이라고는 조용히 앉은 채로 눈을 감고 마음속을 들여다보는 게 전부였다. 그렇게 한 달쯤 시간을 보내고 나니, 그제야 조금씩 느껴지는 바가 있었다.

내가 그 병원에 들어가겠다고 했던 데에는 사실 남들에게 인정받고 싶은 욕구가 자리 잡고 있었다. 내가 그 병원에 들어가려던 가장 큰 이유는 사실 남들이 나를 대단하다고 여길 거라는 기대 때문이었다. 1년간의 휴식을 거치는 동안 나는 남들과 다르게 인정 욕구를 내려놓겠다고 다짐했지만, 실제로는 그것을 버리지 못하고 있었다. 나도 남들과 전혀 다를 바 없었다.

그 일 이후 나는 그 병원을 더욱 신뢰하게 되었다. 채용 책임자의 개인적 인연과 무관하게 오로지 실력으로만 의사를 뽑는 병원이라는 사실을 확인했기 때문이다. 아이러니했다. 그 병원은 나를 함께 일할 수 있는 의사로 인정하지 않았지만, 바로 그 이유 때문에 나는 그곳을 믿고 다닐 수 있는 병원으로 인정했다.

이 일을 겪으면서 '남들에게 인정을 받는다는 것'에 대하여 다시 생각하게 되었다. 인정 욕구는 남들에게 좋은 사람, 친절한 사람, 그리고 한 발 더 나아가 대단한 사람으로 비치고 싶은 마음이다. 하지만 그런 욕구를 쫓아서는 결코 남들의 인정을 받을 수 없다. 자신의 인생만 피곤해질 뿐이다.

남들의 인정이라는 것은 삶의 목적이 되어서는 안 되고, 될 수도 없다. 추구한다고 얻을 수 있는 것이 아닐뿐더러, 그렇게 해서 얻었다고 해도 그 과정에서 가장 소중한 자기 자신을 놓치게 되기 때문이다. 남들의 인정이란 자기가 가야 할 길을 올곧게 가다 보면 저절로 따라오는 덤 같은 것이다. 그때 그 교수가 그랬듯, 자기에게 주어진 일을 원리 원칙에 따라 공정하게 처리했을 때에 결과적으로 남들의 인정도 받을 수 있는 것이다.

꽤 시일이 지난 어느 날, 나는 그 교수에게 메일을 하나 보냈다.

"그때 저를 떨어뜨려 주어서 고맙습니다. 당신에게 의사로서 배우지는 못하게 됐지만, 그보다 더 중요한 걸 배울 수 있었습니다."

인터넷에 환자들이 질문하고
의사들이 답할 수 있는 공간이 있으면 어떨까.
그러면 많은 사람들이 유용하게 사용할 수 있을 것 같았다.
생각만 해도 가슴이 두근거리는 일이었다.

4

하고 싶은 일,
해야 할 일

지금 당장은 고통스러운 시간도 훗날 돌아보면 소중한 경험이 된다. 반대로 환희의 순간이 예기치 못한 시련의 시작이 되기도 한다. 병원에 떨어진 것도 당장은 좌절이었지만 또 어떤 면에서는 행운이었다. 나는 그제야 비로소 내가 정말로 하고 싶은 것은 무엇인가에 대해 진지하게 고민하기 시작했다. 남에게 비추어질 모습에 신경 쓰는 걸 멈추고, 오로지 마음속 깊은 곳에서 울려오는 내면의 목소리에 귀를 기울였다.

내가 하고 싶은 일이 무엇인지, 그리고 그걸 왜 하고 싶은지, 나 자신에게 거듭해서 질문을 던졌다. 그런 끝에 한 가지는 확실하게 알 수 있었다. 여전히 나는 아픈 사람들에게 도움이 되는 삶

을 살고 싶었다. 그런데 기왕이면 최대한 많은 사람들에게 도움
이 되고 싶었다. 그랬다. 내가 있고 싶은 곳은 진료실이 아니었다.

그렇게 찾은 답이 바로 '약'이었다. 흔히들 말하길, 좋은 약 하
나가 수많은 사람들의 생명을 살린다고 한다. 그런데 내게 있어
그건 그저 남의 이야기가 아니다. 나는 매일 밤 잠자리에 들기 전
에 와파린 몇 알을 물과 함께 삼키며 삶을 이어가고 있었다. 누군
가 이 약을 만들기 위해 일생을 바쳐가며 연구했기에 내가 그 혜
택을 보고 있는 것이다. 나도 앞으로 약을 연구하는 일에 투신해
야겠다고 마음을 먹었다. 그다음, 그런 일을 할 수 있는 곳이 어
디 있는지 찾아보았다.

그렇게 해서 모교의 약리학 교실을 찾아갔다. 앞서 이야기했듯
의대 교육 과정은 크게 기초 의학과 임상 의학으로 나뉜다. 임상
의학은 사람들이 의사라고 하면 쉽게 떠올리는 내과나 외과 같은
분야를 말한다. 여기에서 레지던트로 수련을 받고 나면 전문의가
된다. 한편, 약리학이 속한 기초 의학은 이론적인 연구를 중심으
로 하는 분야다. 그래서 기초 의학 전공자들이 하는 일들을 들여
다보면 일반적으로 생각하는 의학보다는 자연과학에 더 가깝다.
대다수의 의사들이 가는 길하고는 많이 다르다고 할 수 있다. 하
지만 약을 연구할 수 있다면 그런 것은 중요하지 않았다. 그렇게
나는 스물일곱 살에 대학원생이 되어 다시 학교로 돌아갔다.

대학원생이 되어 연구실에서 맨 처음 해야 했던 일은 크게 세

가지로 논문 읽기, 분자생물학 실험, 그리고 동물 실험이었다. 논문 읽기는 말 그대로 연구 주제에 대해 시시각각 쏟아져 나오는 논문들을 읽어나가며 실험과 논문 작성을 위한 이론적 토대를 마련하는 과정이었다. 분자생물학 실험이란 분자 수준에서의 생명 현상을 이해하고 그것이 우리 눈에 보이는 세상과 어떻게 연결되는지 알아가는 과정을 말한다. 뉴스의 자료 화면에서 연구원들이 기다란 도구를 들고 작은 튜브에 무언가를 넣고 있는 모습을 보았다면 그것은 아마도 분자생물학 실험 장면이었을 가능성이 크다. 마지막으로, 동물 실험은 분자생물학 실험을 통해 확인한 현상이 실제 동물의 신체에서 어떻게 나타나는지 확인하는 과정이다.

나는 대학원에서 항우울제를 생성하는 바이러스를 만들었다. 그다음 동물 실험을 통해 이 바이러스가 실제로 작동하는지 확인하는 과정을 이어갔다. 일례로 쥐를 물통에 빠뜨려서 인위적으로 우울증을 일으키는 실험이 있었다. 그다음 쥐의 머리뼈에 구멍을 뚫어서 우울증약을 생성하는 바이러스를 주입하고, 그 쥐의 행동에 어떤 변화가 일어나는지 관찰했다.

논문 읽기, 분자생물학 실험, 동물 실험은 논문 쓰기라는 그다음 목표로 나아가기 위한 준비 단계였다. 결국 대학원에서 연구라는 것의 실체는 논문을 쓰기 위한 과정을 말하는 것이었다. 그런데 논문 쓰기가 내가 생각했던 일이 아니란 걸 깨닫는 데까지 그리 오랜 시간이 걸리지 않았다. 논문 더미에 파묻힌 상아탑에서의 갑론을박이 실제 세상을 살아가는 사람들에게 어떤 도움이 될지 회의감이 들었기 때문이다.

대학원에서 보내는 시간이 쌓여갈수록 논문에 대한 관심은 오히려 줄어들었다. 결과가 궁금하지 않은 실험을 하기 위해 밤늦게까지 연구실에 매여 있는 게 괴롭게 느껴졌다. 이 일들이 누군가에게는 세상 더없이 흥미진진한 일이었겠지만, 나에게는 그저 지루하고 고된 노동일 뿐이었다. 약을 연구한다는 목표를 생각하며 버티려고 했지만, 그 과정은 내가 생각했던 것과 너무 달랐다.

경제학 용어 중에 매몰 비용이라는 말이 있다. 이미 어딘가에 써버려서 되돌릴 수 없는 비용을 말한다. 여기에서 비용은 돈뿐만 아니라 다른 가치 있는 자원을 가리킬 수도 있다. 이를테면 내가 대학원을 다니는 데 써야 할 시간과 노력이 그렇다. 때로는 이 매몰 비용을 무시해버리는 것이 훗날 더 큰 손해를 막기도 한다. 하지만 사람들은 매몰 비용을 쉽게 포기하지 못한다. 그래서 어떻게든 지금까지 투입한 매몰 비용을 회수하기 위해 이미 잘못된 것으로 판명된 일에 시간을 허비한다. 경제학자 리처드 탈러(Richard Thaler)는 이를 '매몰 비용의 오류'라고 불렀다.

말하자면, 나는 매몰 비용의 오류에 빠져 옴짝달싹 못하고 있었다. 약리학 연구가 나에게 맞지 않는다는 걸 스스로 가장 잘 알고 있었지만, 대학원을 그만두고 나가기엔 그때까지 쓴 시간과 노력이 너무 아까웠다. 이미 마음은 떠났지만 스스로 손해가 명백한 결정을 내릴 용기가 없었다. 사실 아니라고 생각한 순간에 그만두는 것이야말로 미래의 더 큰 손해를 막는 방법이었음에도 말이다.

내가 약을 연구하려던 이유를 돌아보았다. 나는 아픈 사람들에게 도움이 되는 걸 만들고 싶었다. 그렇다면 약을 연구하는 것만이 내가 택할 수 있는 유일한 길일까. 분명히 내가 모르는 다른 길도 있을 터였다. 그즈음 뜻밖의 지점에서 가능성을 보았다. 바로 인터넷이었다. '인터넷에 환자들이 질문하고 의사들이 답할 수 있는 공간이 있으면 어떨까' 하는 생각이 들었다. 그러면 많은 사람들이 유용하게 사용할 수 있을 것 같았다. 생각만 해도 가슴이 두근거리는 일이었다.

그때부터 일과를 마친 후에는 의학 상담 웹사이트를 만드는 데 남는 시간을 모두 쏟아부었다. 저녁식사를 마치고 곧장 컴퓨터 앞으로 달려가서 코딩에 몰입하다 보면 어느새 창밖에서 해가 떠오르곤 했다. 그렇게 낮에는 대학원생으로 그리고 저녁부터는 웹사이트 개발자로 이중생활을 시작했다.

당시 나는 웹사이트라는 것을 처음 만들어보았다. 웹사이트 개발을 기초부터 체계적으로 배운 게 아니라 필요한 게 있으면 그때그때 찾아가며 했다. 그러다 보니 시행착오도 많았다. 하지만 뜻이 있으면 길이 열리는 법이다. 웹사이트를 만들겠다고 겁 없이 달려든 지 겨우 한 달여 만에 그럴듯한 의학 상담 사이트를 만들었다. 이제 누구나 자신의 건강 문제에 관한 질문을 남길 수 있었다.

하지만 아직 중요한 문제가 하나 남아 있었다. 아픈 이들이야 본인들을 위해 질문을 올린다고 해도, 의사들이 구태여 여기에 답변을 달 이유는 없어 보였다. 제대로 된 의학 상담 사이트가 되기 위해서는 반드시 의사들의 참여를 끌어내야 했다.

어떻게 하면 좋을지 곰곰이 생각에 잠겼다. 한 가지 확실한 사실은 내가 의사들에게 답변을 달아달라고 읍소한다고 해서 해결될 일은 아니란 점이었다. 사람이란 원래 자기에게 이익이 있을 때 적극적으로 움직이는 법이다. 그래서 의사들에게 의학 상담에 답변을 달면 이익이 된다는 걸 보여줘야겠다고 생각했다.

그즈음 인터넷 포털 사이트를 보다가 한 가지 아이디어가 떠올랐다. 당시에는 포털 사이트들을 중심으로 블로그라는 새로운 개념의 서비스가 태동하고 있었다. 이제 사람들은 클릭 몇 번으로 인터넷 세상에 자신만의 생각을 담을 수 있는 공간을 가질 수 있었다. 그건 의료계에서도 마찬가지였다. 많은 의사들이 저마다의 블로그를 만들고 적극적으로 알리기 시작했다. 나는 속으로 '그래, 바로 이거다!'라고 외쳤다.

나는 의학 상담에 의사가 답변을 달면, 바로 그 아래에 답변을 단 의사의 블로그로 연결되는 소개 문구가 달리도록 했다. 자기 건강에 대해 궁금한 점이 있는 사람들이 질문을 올리고, 사람들에게 자신을 알리고 싶은 의사들이 몰려와서 답변을 달아주면 되는 것이다.

하지만 세상의 많은 일들이 그렇듯 현실은 달랐다. 뭐 하나가 해결됐다 싶으면 이전에는 보이지 않던 새로운 문제가 또 모습을 드러냈다. 이번에도 시도 자체는 나쁘지 않았지만 생각했던 것만큼 의사들의 호응을 얻지는 못했다. 답변을 다는 의사 입장에서는 많은 사람들이 그 답변을 본다는 게 보장돼야 했는데, 그 부분에 대한 준비가 미흡했다.

이 문제를 해결하기 위해 의학 칼럼이라는 새로운 코너를 만들었다. 의학 칼럼은 의사들이 일반인 독자들을 대상으로 자신의 전문 분야에 대해 쉽고 재미있게 풀어 쓴 글을 올릴 수 있도록 한 코너로, 의학 상담과 마찬가지로 글 아래에 의사들 개인의 블로그로 연결되는 링크를 달 수 있게 해두었다. 그러고 나서 의학 칼럼을 우리나라를 대표하는 양대 포털인 N 사이트와 D 사이트에 등록했다.

그러자 기적 같은 일이 벌어졌다. 의학 칼럼의 글이 거의 매일 D 사이트의 첫 화면에 나타나기 시작한 것이다. 하루에도 수만 명의 사람들이 포털 사이트 첫 화면을 통해 의학 칼럼을 방문했다. 그리고 그들 가운데 또 많은 이들이 의학 칼럼 아래에 달린 링크를 통해 그 글을 쓴 의사의 블로그에도 방문했다. 나는 아직도 일개 신생 사이트의 한 코너에 실린 글들이 어떻게 거대 포털 사이트에 그렇게 자주 소개될 수 있었는지 확실히 알지 못한다. 의사들이 직접 쓴 글이라는 새로운 콘셉트가 포털 사이트 관계자들의 관심을 끌지 않았나 짐작만 할 뿐이다.

의사들 사이에 의학 칼럼을 통해 글을 올리는 게 홍보에 도움이 된다는 입소문이 퍼지자 의사들은 앞다투어 의학 칼럼에 글을 보내왔다. 그러자 의학 상담도 덩달아 활기를 띠기 시작했다. 포털 첫 화면을 통해 의학 칼럼을 읽으러 온 사람들은 의사가 직접 상담하는 코너를 발견하고 '오, 이런 것도 있네' 하면서 질문을 올리기 시작했다. 예방 접종부터 암 수술 후 관리에 이르기까지 다양한 주제에 관한 질문과 답변이 의학 상담에 차곡차곡 쌓여갔다.

상황이 이쯤 되자 나는 대학원을 그만두기로 마음을 굳혔다. 더 망설일 이유가 없었다. 흥미도 없는 논문 쓰기는 이제 그만하고 싶었다. 대학원에 들어오고 정확히 3년이 지났을 때, 나는 지도 교수를 찾아가 정중하게 그만두겠다고 이야기했다. 학위는 없어도 된다고 말했다. 어차피 그 길로 다시 돌아갈 생각이 없었기 때문이다. 지도 교수가 "그래도 앞으로 필요할지 모르니 학위는 받는 게 어떻겠냐"고 했다. 나는 더 이상 대학원에 나오지 않고 그때까지 해왔던 실험과 논문을 추리는 조건으로 석사 학위를 받았다.

나는 이제 본격적으로 온라인 의료 상담 서비스를 만들기 시작했다. 사실 이것은 내가 앞으로 가고자 하는 원격의료를 향한 여정의 첫걸음이었다. 나는 아주 오래전부터 원격의료가 의료계의 미래라고 확신했다. 거기에는 나름의 이유가 있었다. 문명화된 사회에서 약자에 대한 배려는 상식 중의 상식이다. 하지만 그러한 상식이 아직도 제대로 지켜지지 않는 영역이 하나 있으니, 그곳은 바로 의료계였다.

환자가 아픈 몸을 이끌고 의사가 편하게 기다리고 있는 곳으로 찾아가야 하는 현실을 사람들은 당연하게 여긴다. 이제까지 그렇게 해왔으니 앞으로도 그래야 한다고 생각한다. 하지만 나는 거기에 동의할 수 없었다. 상대적으로 약자인 환자가 그가 있는 곳에서 의사를 만날 수 있어야 한다고 생각했다. 만약 의사가 환자 한 명 한 명을 찾아가는 게 현실적으로 어렵다면 환자 곁에 의사를 대신하는 무언가가 있으면 된다고 생각했다.

나는 소프트웨어 개발자들과 함께 기존에 만들어둔 의료 상담 사이트를 스마트폰 앱에 담아서 배포했다. 2010년 당시는 스마트폰이 대중에게 보급되고 있던 초창기였기 때문에 개발자들에게도 스마트폰 앱은 생소한 분야였다. 함께 새로운 분야를 개척

해보자는 마음 하나로 뭉쳤다. 사용자들의 의견에 귀를 기울여서 새로운 기능을 덧붙이고 기존의 기능은 개선해나갔다. 예컨대 스마트폰 카메라로 아픈 부위의 사진을 찍어서 의사에게 보내는 단순한 기능부터, 사용자가 의학 상담을 올리면 GPS로 그 위치를 파악해 가장 가까운 곳에 위치한 병·의원의 의사 컴퓨터에 알람을 보내는 기능도 공개했다. 하나하나가 세상에 없던 새로운 시도였다.

의학 상담 앱은 마른 들판에 불길이 번지듯 입소문을 타고 스마트폰 사용자들 사이에 퍼져나갔다. 그쯤 되자 이 일을 혼자서는 할 수 없겠다는 생각이 들었다. 그래서 결국 회사를 만들기로 했다. 회사라고는 했지만 사실 작은 오피스텔에 책상과 컴퓨터 몇 대를 갖다 둔 게 고작이었다. 그 작은 공간에서 개발자들과 함께 숙식을 해결하며, 오로지 더 나은 의료 서비스를 만들기 위해서 모든 역량을 집중했다.

의학 상담 앱이 어느 정도 궤도에 오르자 수익 사업을 준비하기 시작했다. 수익 사업을 구상하면서 가장 먼저 고려했던 것은 의료법에 저촉되지 않도록 하는 것이었다. 길게 가려면 법을 지키는 것만큼 중요한 게 없다고 생각했다. 특히, 의료법 제27조 제3항에서 정한 영리 목적의 환자 유인 행위에 해당하지 않도록 의료 전문 변호사들의 조언을 구했다.

그렇게 시작한 것이 이른바 지역 상담 우선권이었다. 그것은 한정된 수의 병·의원에 특정 지역, 특정 분야에 대한 상담의 우선권을 보장하는 것이었다. 이러한 개념은 같은 건물, 같은 동네에 개업한 다른 의사들 사이에서 경쟁 우위에 서고 싶어 하는 개원의들의 욕망을 정확히 파고들었다. 개원의들은 동네 환자들의 상담을 독점하기 위해 월 몇 백만 원을 기꺼이 지불했다.

전국 각지에 회원 병원이 생겨났다. 회사의 직원은 12명이 되었다. 매출은 안정적이었고, 비즈니스 모델 자체가 고정비가 적었기 때문에 수익성도 좋았다. 회사는 일 년 만에 오피스텔에서 별도의 정원이 딸린 사무실로 이전했다. 무엇보다 직원들의 월급을 올려줄 수 있게 되었다는 게 가장 기뻤다. 오늘보다 내일이 더 기대되는 나날의 연속이었다.

그런데 왠지 모르게 마음 한구석이 편치 않았다. 뭔가 놓치고 있는 것 같은 기분이 들었다. 회사는 빠르게 성장했지만 그 방향이 틀린 듯했다. 나는 다시 스스로 질문을 던져보았다. 내가 만든 것은 원격의료 시스템인가 아니면 그저 의사들을 위한 마케팅 도구인가. 나는 정말로 절박하게 도움이 필요한 환자를 돕고 있는가. 무엇보다도 훗날 이렇게 회사를 키운 것을 후회하지 않겠는가. 나는 그 어느 질문에도 자신 있게 답할 수 없었다.

결국 나 자신에게서 비롯된 문제였다. 나는 의사 면허증만 손에 쥐고 있을 뿐 제대로 된 임상 경험이 없었다. 아무래도 의료계에 대한 폭넓은 이해와 접근에는 한계가 있었다. 직원 12명의 작은 스타트업은 돈을 벌기에는 민첩하고 효율적인 조직이었지만 의료계라는 거대한 시스템을 다루기에는 턱없이 부족했다. 의료 마케팅 회사로서는 이제 막 가능성을 보였지만, 본격적인 원격의료를 다루기에는 애초에 한계가 명확했다.

나는 직원들이 모두 퇴근한 사무실에 홀로 남아서 조용히 생각에 잠겼다. 그리 멀지 않은 과거, 대학원에 있을 때의 기억을 더듬어보았다. 대학원에 들어간 지 얼마 지나지 않았을 때 나는 이 길이 내 길이 아니라는 걸 깨달았다. 하지만 그때는 나의 내면으로부터 들려오는 목소리를 있는 그대로 받아들이지 않았다. 그러면서 대학원을 끝내고 나오기까지 3년이란 시간을 흘려보냈다. 이번만큼은 같은 실수를 하고 싶지 않았다.

고민 끝에 회사를 접기로 했다. 내가 공들여 만든 이 회사가 그저 돈을 버는 도구로 남아 있느니, 그냥 없애버리는 게 낫겠다고 생각했다. 훗날 내가 원격의료를 위한 또 다른 자리에 가 있을 때 내가 앞서 만든 회사가 수익 사업에 열중하고 있다면 누가 나의 진심을 믿어줄 것인가. 그래서 과감히 회사를 없애고 좋은 경험으로 남기는 쪽을 택했다.

삶의 단계마다 반복되는 물음이 있다. 지금 하고 있는 일이 나의 일이 아니라고 생각하는 순간 과감하게 끝내야 하는가, 아니면 끈기와 성실함은 배신하지 않는다는 믿음으로 계속 버텨야 하는가.

아직 일이 숙달되지 않아 힘들지만, 그래도 언젠가는 잘 해내고 싶은 마음이 있다면 계속 버티는 것이 옳다. 그리고 정말로 하고 싶은 일이 따로 있는 게 아니라면 현재의 위치를 지키는 것도 현명한 전략이다. 원래 계속하다 보면 잘하게 되고, 잘하면 좋아지는 게 사람의 마음이다.

하지만 지금 몸담고 있는 곳이 계속 있을 곳이 아니라고 생각하면서도 이제까지 쓴 시간과 노력이 아까워 계속 머무르고 있다면, 진심으로 하고 싶은 일이 다른 곳에 있다면, 그렇다면 지금 당장 거기서 나와야 한다. '나는 여기 있을 사람이 아니야. 암, 난 언젠가 다른 일을 할 거야'라고 속으로만 되뇌며 현재 주어진 일을 설렁설렁하고 있다면 더 고민할 필요도 없다. 현실 회피와 자기기만은 결국 훗날 더 큰 대가를 치르게 할 뿐이다.

20대 후반, 나는 '하고 싶은 일'을 찾아서 대학원에 들어갔었다. 하지만 얼마 지나지 않아서 그 길이 내가 생각했던 바와 다르다는 것을 깨달았다. 그러고 나서도 대학원에 쓴 시간에 대한 미련 때문에 망설이다가 3년의 세월을 허비하고 말았다. 늦게라도 다시 방향을 잡고 내가 진심으로 '하고 싶은 일'을 찾아 회사를 세우고 키웠다. 하지만 그 '하고 싶은 일'을 하면서 느낀 바는 정말 그 일을 제대로 하기 위해서는 '해야 할 일'이 있다는 것이었다.

대학원 생활과 스타트업 창업을 거치며 내가 '해야 할 일'을 위해 갖추어야 할 두 가지를 비로소 확인했다. 바로 '임상 경험'과 '체계적 조직'이었다. 나는 이제 이 두 가지를 향한 여정을 앞두고 있었다. 그러고 보니 어느덧 내 나이도 20대를 지나 30대에 접어들고 있었다.

나는 20대에 의사가 되었고 대학원생이 되었다.

30대에는 직원 12명을 둔 스타트업의 CEO가 되었다.

그다음에는 병원의 가장 말단인

인턴 의사의 삶을 앞두고 있었다.

누구나
자신만의 시간표가 있다

의대를 졸업한 지도 어느덧 7년의 세월이 흘렀다. 7년이 절대 짧은 시간은 아닌데도 눈 깜짝할 사이에 흘러가버렸다. 시간이 점점 빠르게 간다고 느껴지는 건 그만큼 나이를 먹어가고 있다는 증거일 것이다. 사실 그사이 참 여러 가지 일들을 겪기도 했으니 그저 짧은 시간이라고만 할 수도 없었다.

무엇보다도 일 년간의 휴식이 있었다. 어린 시절 여러 차례 입원을 거듭하느라 학교를 빠진 적이 많았지만, 나의 자유의지에 의한 것은 아니었다. 게다가 입원을 하고 돌아오면 뒤처진 학업을 따라가야 했다. 때문에 그 시절 숱하게 학교를 쉬었던 경험은 이후 내 인생에서 내가 속한 무리에서 벗어나서는 안 된다는 조급함으로 이어졌다. 그런 조급함은 나로 하여금 남들과 다르지 않기 위해서 부단히도 애를 쓰게 했다.

반면에 졸업 후 일 년간의 휴식은 온전히 나의 자발적 선택에 의한 것이었다. 다른 누가 아닌 나 스스로 내린 결정에 의해 남들보다 늦어지는 길을 택했다. 그 시간을 거치고 나서, 비로소 나는 세상 사람들의 대열에서 벗어나는 것이 생각만큼 두려운 일이 아니란 걸 알게 되었다. 사람은 저마다 인생의 시간표가 있기에, 남들과 비교하며 내가 왜 이렇게 뒤처져 있는지 마음 졸일 필요가 없었다. 일 년간의 휴식이 가져다준 뜻밖의 깨달음이었다.

그렇게 한 해 쉬고 나서는 내가 어릴 적부터 치료를 받아왔던 병원에 인턴으로 지원했다. 합격하기를 간절히 바랐으나 뜻대로 되지 않았다. 이어서 나는 약에 관한 연구를 해보겠다는 생각으로 대학원에 진학했다. 하지만 대학원에서 내가 실제로 경험했던 것은 기대했던 것과 아주 달랐다. 논문이 대학원에서 하는 일의 시작이자 끝이었는데, 내가 있던 연구실에서 쓰는 논문은 환자들보다 그 논문을 쓰는 교수들 본인들을 위한 논문 같다는 의구심이 강하게 일었다. 그런데도 나는 곧바로 대학원을 박차고 나올 용기도 없었다. 어영부영하며 3년이라는 시간을 쓰고 나서야 결국 대학원 문을 나섰다. 이제는 웃으며 말할 수 있지만, 뭐 하나 제대로 풀리는 게 없던 시절이었다.

그렇다고 대학원에서 보냈던 시간이 완전히 무의미하지는 않왔다. 생각지도 못한 새로운 길을 발견했기 때문이다. 그것은 바로 환자가 언제 어디서든 의사의 도움을 받을 수 있는 총체적이고 유기적인 체계, 오늘날 이른바 원격의료라고 알려진 것이었다. 사실 나에게 원격의료란 그저 새로운 형태의 의료 서비스가 아니었다. 의료라는 것이 아프고 병든 이들을 낫게 하는 것이라고 했을 때, 나는 원격의료가 '환자들이 시간과 공간의 제약 없이 편안한 상태에서 진료를 받을 수 있게 해준다는 점'에서 의료의 본질에 가장 충실한 기술이라고 확신했다.

하지만 당시는 그저 개념적인 수준에만 머물러 있었고, 아직 세상에 그 모습을 드러내지 않은 시대였다. 앞으로 누군가 원격의료라는 것을 만들기 시작한다면 나는 그 길에 미약하나마 작은 보탬이 되고 싶었다.

그래서 나는 내가 할 수 있는 것을 했다. 인터넷으로 환자와 의사를 연결한다는 목표로 회사를 만들었다. 언제부턴가 주변에 스마트폰을 쓰는 사람이 하나둘 늘어나는 걸 보고, 지체 없이 스마트폰을 통해 환자와 의사들을 연결했다. 자기 몸에 대해 궁금한 점이 있는 이들은 누구든지 자신의 손에 들려 있는 스마트폰을 통해 가까이에 있는 의사에게 질문하고 답을 얻을 수 있었다.

그런데 시간이 흐를수록 내가 처음에 생각했던 것과는 조금 다른 방향으로 흘러갔다. 내가 연결한 의사와 환자들은 미용시술 같은, 소위 '돈이 되는' 진료에 관해서만 이야기를 나누고 있었다.

회사는 돈을 벌었지만 나는 그렇게 즐겁지 않았다. 내가 하고 있는 일은 꼭 의사가 아니라도 할 수 있는 일이었다.

반면에 나와 함께 졸업한 동기들과 만나서 이야기를 나누면, 그들은 진료 현장에서 아픈 이들을 만나 실질적인 도움을 주고 있었다. 나와 너무 대조되는 모습이었다. 나는 실제로 누군가를 살리는 일에 기여하지 않았다. 나는 사람을 살리는 일을 하는 것이 아니라 부수적인 영역에서 겉돌고 있었다.

그렇다고 해서 환자와 의사를 원격으로 연결한다는 구상이 틀렸다고는 생각하지 않았다. 단지 나의 역량이 아직은 그 일을 하기에 충분치 않을 뿐이었다. 나에게 없는 것이 무엇인지 돌아보았다. 그러자 두 가지가 보였다. 바로 '임상 경험'과 '체계적 조직'이었다. 그래서 일단은 임상 경험을 위해서 실제로 진료를 봐야겠다는 결심에 이르렀다. 다소 늦은 나이지만 병원 수련을 시작해야겠다고 결정한 이유였다.

나는 33살이 되던 해, 서울 시내 한 공공병원의 인턴 의사 모집 전형에 지원했다. 여담이지만, 당시에 나는 이 병원에 지원한다는 사실을 부모님에게도 알리지 않았다. 물론 서른 살이 넘어 직장을 정하는 데 부모님께 일일이 보고하는 것도 우스운 일이었다. 하지만 그 당시 나는 아직 결혼하기 전으로 부모님과 함께 살고 있었기 때문에, 매일 아침저녁으로 보는 부모님에게 병원 지원 사실을 알린다는 게 그렇게 이상한 일도 아니었다. 그럼에도 부모님에게 미리 알리지 않은 이유는 혹시라도 떨어진다면 같은 가족이지만 무척 창피할 것 같았기 때문이었다.

경쟁률이 높았지만 다행히 합격 통보를 받았다. 그런데 합격하고 나서는 합격한 대로 새로운 걱정거리 하나가 생겼다. 바로나의 나이였다. 지원한 때부터 각오하고 있던 것이기는 했지만, 30대 중반을 향해 가고 있는 내가 인턴들 중에 너무 나이가 많은건 아닐까 하는 우려가 있었다. 보통 20살에 의과대학에 들어가서 6년 만에 졸업하면, 26살에 의사가 된다. 남자 의사들의 경우군 복무를 다녀온다고 해도, 대체로 30살이 되기 전에 수련을 시작한다. 그렇게 내 나이인 33살에 이미 상당수는 전문의가 되기마련이다.

문득 의대생 시절 어떤 선배의 기억이 떠올랐다. 당시 입학 후쉬지 않고 올라온 나의 동기들보다 5살가량 많은 선배가 같은 교실에서 수업을 듣고 있었다. 동기들은 그 선배에게 최대한 예우를 갖추면서 함께 어울릴 기회를 주려고 했고, 그 선배도 기왕 같은 교실에서 수업을 듣게 되었으니 후배들과 잘 지내려고 노력하는 모습이 역력했다. 하지만 시간이 갈수록 그 선배는 우리 동기들 안에서 물과 기름처럼 겉돌았다. 학교와 직장을 동일 선상에두고 비교하는 건 무리겠지만, 그럼에도 같이 인턴 생활을 시작한 동기들에게 나 자신이 그 선배처럼 비추어질까 봐 내심 걱정이 되는 게 사실이었다.

그런데 나중에 인턴 오리엔테이션에서 알게 된 바는 나의 우려를 말끔히 해소해주었다. 나와 함께 인턴으로 뽑힌 22명의 의사들 평균 나이가 딱 33살이었다. 사람 마음이 참 간사한 게, 그 사실을 알고 나서는 마음이 그렇게 편안할 수 없었다. 실제로 달라진 것은 아무것도 없었지만 말이다. 내가 이 무리에서 그렇게 눈에 띌 정도로 나이가 많지 않다는 걸 확인하고 나니 내 기분은 한결 가벼워졌다.

심지어 나와 함께 인턴을 시작한 이들 가운데 40대도 두어 명 있었다. 나보다 나이가 어리지만 역시 일반적인 기준보다 늦은 나이에 인턴 수련을 받는 이들도 많았다. 나는 스스로 많은 우여곡절을 겪은 끝에 인턴을 시작했다고 생각했지만, 실제로 남들이 보기에 그렇지 않을 수 있겠다는 생각이 들었다. 내가 나보다 나이가 많은 인턴을 보고 그냥 '그렇구나' 하고 마는 것처럼, 남들도 나를 별다르게 보지는 않았을 것이다.

내가 나보다 나이가 많은 인턴을 지켜보는 입장에 서보고 나서야, 사람들은 남의 일에 크게 신경 쓰지 않는다는 평범한 사실을 새삼 깨달았다. 내가 어떤 일을 하면서 남에게 피해를 주는 게 아니라면, 어떻게 비추어지는지 크게 연연할 이유가 없다. 특히 나이 듦처럼 누구나 거쳐가는 과정이면 더욱더 그렇다. 설사 남이 신경을 쓴다고 하여도, 그건 그 사람 머릿속의 일이다. 그로부터 영향을 받을지 말지는 오로지 내가 결정할 수 있는 부분이다.

어떤 면에서는 증명사진과 비슷하다는 생각도 든다. 사람들은 남의 증명사진이 잘 찍혔는지 유심히 보지 않는다. 내 증명사진에서 좌우 눈 크기에 차이가 있다는 걸 알아보는 건 나 자신뿐이다. 그럼에도 내 증명사진이 영 마음에 들지 않는다면, 그때는 사진을 새로 찍어야 한다. 다른 사람의 증명사진을 내 것인 양 대신 쓸 수는 없다. 남의 시간표를 나의 인생에 대입하는 게 무의미한 이유다.

사람들은 저마다의 인생의 시간표가 있다. 그걸 두고 남과 비교할 이유가 없고, 할 수도 없다. 늦다고 조바심 낼 것도, 빠르다고 우쭐할 것도 아니다. 나는 20대에 의사가 되었고 대학원생이 되었다. 30대에는 직원 12명을 둔 스타트업의 CEO가 되었다. 그다음에는 병원의 가장 말단인 인턴 의사의 삶을 앞두고 있었다.

삶의 단계 단계마다 내가 아는 누군가는 지금 어디쯤 가 있을지 의식하고는 했다. 그러다가 뒤늦게 들어갔다고 짐작한 인턴 수련에서 나보다 더 나이 많은 이들이 내 옆자리에 와 있는 것을 보았다. 그제야 비로소 그런 인생의 시간표에 대한 비교가 얼마나 부질없는 것인지를 깨달았다. 나는 33살에 서울의 한 공공병원에서 인턴 수련을 시작하며, 세상에서 단 하나뿐인 내 인생의 시간표를 써 내려가고 있었다.

3장.

다시, 병원 속으로

한때 이 노인은 세상을 호령했었다.

그랬던 그 노인이 지금은 햇병아리 같은 인턴 의사가

쥐어짜는 앰부백에 꺼져가는 숨을 맡기고 있었다.

죽음 앞에서 한없이 무력한 인간 존재의 한 단면을 보는 듯했다.

1

서울 시장의
마지막 외출

유난히도 무더웠던 8월이었다. 병실마다 두 개씩 걸려 있는 회전식 선풍기는 더위를 식히기에 역부족이었다. 가만히 서 있기만 해도 어느덧 등줄기에 땀이 흘러내렸고, 조금만 뛰어다니다 보면 땀 때문에 옷이 들러붙어 버려 움직이는 것조차 버거워졌다. 두 손이라도 자유롭고 싶어서 소매를 걷으면 그렇잖아도 때가 탄 흰 가운이 더욱 꼬질꼬질해 보였다. 환자나 보호자만큼은 아니겠지만, 찌는 듯한 더위는 병원 인턴에게도 무척 고역이었다.

그해 8월 나는 내과 인턴을 돌고 있었다. 어느 병원이나 내과는 인턴 기간 중 거쳐야 하는 과들 가운데 업무가 가장 고되기로 손에 꼽힌다. 사실 내가 한여름에 내과를 돌고 있는 것은 자초한 면이 있다. 3월에 있었던 인턴 오리엔테이션의 과 배정 추첨에 따른 결과였기 때문이다. 그때 만약 내가 추첨 표가 담긴 통에 넣은 손을 조금만 틀었다면, 이 찌는 듯한 무더위에 가정의학과 외래 같은 곳에서 에어컨 바람을 쐬고 있을 수도 있었다. 결국 내 운이 나쁜 걸 탓하는 수밖에 없었다.

내과 인턴의 하루는 아침 6시부터 각 병동을 돌아다니며 채혈을 하는 것으로 시작했다. 7시에는 스탭*과 레지던트를 따라 병동 회진을 돌고, 회진이 끝나면 곧바로 병동 환자들의 상처 소독을 시작했다. 그러는 중에 환자 이송이나 추가 채혈을 요청하는 호출이 오면 하던 일을 서둘러 마무리하고 병동으로 달려가야 했다. 오래된 문서 정리처럼 레지던트들이 직접 하기에 귀찮은 일이 있으면 그 또한 당연히 인턴의 몫으로 내려왔다.

채혈, 환자 이송, 문서 정리 같은 일이 의사인 인턴이 하기에 적합한 것인지는 오랫동안 갑론을박의 주제였다. 그게 인턴의 일이라고 주장하는 이들은, 그것도 다 수련 과정의 일부이니 감수하라고 말했다. 표면적인 명분은 그렇지만, 사실 그 주장의 저변

---

* 스탭(Staff): 공공병원에서 일하는 전문의를 말한다. 의과대학이 없는 병원에서는 소속 전문의를 교수라고 부르지 않는다.

에는 '나도 했는데 너희만 그냥 편하게 넘어가게 할 수 없다'는 심리도 있음을 부정할 수 없었다. 반대로 인턴이 하기에 적합하지 않다고 주장하는 이들은 인턴은 어디까지나 의사 직무를 훈련받기 위해 그 자리에 있다는 사실을 강조했다. 그리고 채혈의 경우 임상병리사, 환자 이송의 경우 이송원처럼 이를 전문적으로 훈련받은 직군이 따로 있음에도 병원이 인건비 절감을 위해서 인턴을 이용하고 있다고 지적했다.

그렇다면 왜 인턴들은 이런 일들을 묵묵히 하고 있는 것일까. 이를 이해하려면 먼저 인턴을 둘러싸고 있는 병원의 구조적 특징을 살펴볼 필요가 있다. 인턴 과정은 병원 내의 여러 과들을 짧게는 몇 주에서 길게는 한두 달씩 돌면서 임상 경험을 쌓는 기간으로, 이후 레지던트로 올라가기 위해서 반드시 거쳐야 하는 과정이다. 그런데 인턴 과정 때 각 과에서 받은 점수가 레지던트를 지원할 때 당락을 결정하는 큰 평가 요소로 작용하고, 그러다 보니 과와 인턴 간에 갑을 관계가 만들어진다. 실제로 인턴들이 부당한 상황에 처하고도 혹여라도 점수에 불이익이 있지는 않을까 두려워서 제대로 항의하지 못하는 일이 빈번히 일어났다.

예컨대, 스탭이 인턴에게 빨리 CT실에 들어가서 환자를 붙잡고 있으라고 재촉하면 인턴은 방사선 차폐복을 입을 겨를도 없이 CT 기계가 돌아가는 바로 옆에 서서 방사선으로 샤워를 해야 했다. 인턴들이 시간에 쫓겨 에이즈 환자나 C형 간염 환자의 채혈을 하다가 주삿바늘에 찔리는 일도 매년 한두 건은 꼭 있었다.

나도 이동식 침대를 끌다가 병원 바퀴가 엄지발가락을 밟고 지나가는 바람에 발톱이 빠진 적이 있었는데, 피가 흐르는 상처를 붕대로 대충 싸매고 10분 만에 다시 일하러 갔던 기억이 있다. 이처럼 인턴들은 낮은 임금을 받으면서도 중노동을 감수해야 하는 충성 경쟁에 노출되어 있었다. 사실 병원 입장에서 보았을 때, 열악한 환경에서도 별말 없이 일하는 인턴들은 누군가의 귀한 아들딸이기보다는 그저 값싸고 고분고분한, 그야말로 아무 일이나 시키기에 더없이 좋은 1년짜리 계약직 일꾼이었던 셈이다.

그날도 여느 때처럼 휴대전화 달력을 보며 이 지옥 같은 내과 인턴이 끝날 날만 손꼽아 기다리고 있었다. 나는 오전이 다 가도록 아직 한 끼도 못 먹고 있었다. 잠시 후 점심시간이 되겠지만 인턴 주제에 구내식당에서 수저를 들고 식사할 여유는 없었다. 그렇다고 빈속을 컵라면으로 채우자니 속이 쓰려서 넘어올 것 같았다. 그나마 음식다운 음식을 먹겠다고 편의점 매대에서 삼각김밥을 하나 집어 들었다.

그때 또다시 휴대전화 벨 소리가 울리기 시작했다. 어디선가 나를 부른다는 신호였다. 그 순간 가장 먼저 든 생각은, 어쩌면 공복 상태가 당분간 더 유지될지도 모른다는 불길함이었다. 아무튼 어디에서 온 전화인지는 확인해야 했으므로, 삼각김밥을 쥐지 않은 손으로 휴대전화를 꺼내 발신자를 확인했다.

'내과 중환자실'

지금 다른 병원으로 급히 이송해야 할 환자가 있으니 내과 중환자실로 올라와달란다. 삼각김밥을 제자리에 돌려놓고 3층에 있는 내과 중환자실로 뛰어 올라갔다. 내과 중환자실 앞에 도달하는 데 1분이 채 걸리지 않았다. 내과 중환자실의 자동문이 미처 다 열리기도 전에 게걸음으로 비집고 들어갔다. 하지만 중환자실의 상황은 생각했던 것보다 훨씬 평온했다. 아직 환자를 출발시킬 준비가 되지 않은 것이다. 중환자실 담당 간호사가 나를 보고 말했다.

"오, 진짜 빨리 오셨네요."

'이럴 줄 알았으면 아까 그냥 삼각김밥을 먹고 올 걸⋯' 그렇다고 지금 다시 편의점에 내려가기는 쉽지 않아 보였다. 결국, 삼각김밥은 포기하기로 했다. 나는 기운 없는 목소리로 물었다.

"어느 분이 가시는 건가요?"

간호사가 팔을 들어 한 환자를 가리키며 말했다.

"저 환자예요."

거기에는 인공호흡기와 각종 기계가 얼기설기 둘러싼 가운데 한 노인이 눈을 감은 채 누워 있었다. 인공호흡기가 만들어내는 공기의 흐름에 따라 가슴이 오르락내리락할 뿐, 환자는 그 어떤 자발적인 움직임도 보여주지 않았다. 그는 자기가 지금 어디에 있는지도 모르고 있을 게 분명했다. 그때 나를 불렀던 간호사가 뭔가 대단한 비밀이라도 되는 것처럼 한 가지 사실을 귀띔해주었다.

"근데, 저분 서울 시장이었대요."

나는 그 말을 듣고 환자를 다시 쳐다보았다. 이리저리 뜯어봐도 TV에서 보았음직한 얼굴은 아니었다. 하긴 저렇게 인공호흡기를 끼고 있으면 원래 알던 사람도 몰라볼 것 같았다. 하지만 아무리 보아도 어딘가에서 보았던 얼굴은 아니었다. 담당 간호사 말이 사실이라면, 아마도 아주 오래전에 서울 시장을 했던 사람인 것 같았다.

궁금해진 나는 스마트폰을 들고 검색창에 환자의 이름과 서울 시장을 입력해보았다. 이어 더 놀라운 결과가 돌아왔다. 그는 그냥 '서울 시장'이 아니었다. 서울 시장뿐 아니라 국회의원, 장관 등 고위직을 두루 거친 사람이었다. 속된 말로, 한창때 끗발 꽤나 날렸을 인물이었다. 인터넷에서 찾은 예전 사진과 침대에 누워 있는 지금의 얼굴을 번갈아 가며 보니 그제야 같은 사람인 것 같기도 했다. 그런 그가 공공병원의 중환자실에서 에이즈 걸린 노숙자와 간경화로 복수가 들어찬 알코올 중독자 사이에 누워 있었다. 나는 속으로 말했다.

'사람 인생이란 게 참……'

잠시 후 보호자들이 와서 중환자실 중간에 마련된 설명용 컴퓨터로 마지막 설명을 듣고 몇 가지 서류에 서명했다. 이어서 중

환자실 간호사들이 본격적으로 환자를 이동할 준비를 시작했다. 나는 간호사들과 함께 환자 몸에 연결되어 있던 각종 기계 장치와 주사를 제거하고, 심전도 측정기처럼 계속 유지해야 할 것은 이동식으로 교체했다. 인공호흡기는 내가 산소탱크와 연결된 앰부백*을 짜는 것으로 대신했다. 잠시 후 이동을 위한 모든 준비가 끝났다. 내가 5초에 한 번씩 앰부백을 짜고 있는 동안 중환자실 간호사들이 환자의 좌우에 자리를 잡고 섰다. 그다음 "하나! 둘! 셋!" 구호에 맞춰 환자를 원래 있던 침대에서 앰뷸런스에 실리는 이동식 침대로 옮겼다.

엘리베이터를 타고 1층으로 내려가 후문에 대기 중인 앰뷸런스로 향했다. 간호사들이 앰뷸런스 기사의 도움을 받아 이동식 침대를 앰뷸런스 뒤쪽으로 밀어 올렸고, 나도 그 옆에서 계속 앰부백을 짜면서 앰뷸런스에 설치된 좁은 의자 위로 올라탔다. 앰뷸런스 뒷문이 "탕!" 소리를 내며 닫혔다. 잠시 후 칸막이 너머 운전석에 기사가 올라타고 운전석 문이 닫히는 소리가 들렸다. 사이렌 소리가 공기를 가르자 차가 움직이기 시작했다.

앰뷸런스는 강남에 있는 대학병원으로 간다고 했다. 나는 이

---

* 앰부백(AMBU bag): 호흡이 정지된 사람이나 호흡 곤란을 겪는 사람의 호흡을 돕기 위하여 사용하는 럭비공 모양의 고무 주머니.

동하는 내내 두 손으로 럭비공 모양의 앰부백을 쥐어짰다. 그러면서 손가락에 고정해둔 산소포화도 측정기의 숫자가 90 밑으로 내려가지 않도록 주시했다. 그 90이라는 숫자를 지키는 게 내가 그 자리에 있는 제일 중요한 이유였다. 다행히 산소포화도는 95 이상을 유지하고 있었다. 반복적인 이 일이 어느 정도 익숙해졌을 즈음 나는 그의 얼굴을 물끄러미 내려다보았다.

한때 이 노인은 세상을 호령했었다. 얼마나 많은 이들이 이 노인과 악수라도 한 번 해보려고 줄을 섰을까. 얼마나 많은 이들이 이 노인과 차 한잔을 마시려고 이곳저곳에 연락을 돌렸을까. 이 노인이 온다고 하면 얼마나 많은 이들이 의전과 이동 경로를 검토하며 회의를 거듭했을까. 그랬던 그 노인이 지금은 햇병아리 같은 인턴 의사가 쥐어짜는 앰부백에 꺼져가는 숨을 맡기고 있었다. 죽음 앞에서 한없이 무력한 인간 존재의 한 단면을 보는 듯했다.

서울 시장, 국회의원, 장관. 지금 이 순간에도 여의도에서 난다 긴다 하는 이들은 이 가운데 하나라도 되려고 피 터지게 싸우고 있다. 내가 보기에 이들은 더 큰 권력이 있는 '자리'를 얻을 수만 있다면 영혼마저 팔 준비가 되어 있었다. 그런데 그 '자리'란 것이 과연 그렇게 인생을 송두리째 바쳐가며 희생을 치를 만한 가치가 있는 것일까. 그 세 가지를 모두 거치고도 이 좁은 앰뷸런스 안에 누워서 타인의 도움 없이는 숨조차 제대로 쉴 수 없는 이 노인을 보고 있자니 꼭 그런 것 같지도 않았다.

문득 오래전 아버지와 동네 약수터에 갔다가 나누었던 이야기가 떠올랐다. 내가 어릴 적 살던 동네에는 야트막한 산이 있었다. 8, 90년대에 세워진 아파트 단지 주변에서 흔히 볼 수 있는 그런 뒷산이었다. 일요일 아침마다 나는 어떻게든지 늦잠을 자려고 했고, 아버지는 그런 나를 끌고 산에 가려고 했다. 그리고 거의 예외 없이 나와 동생은 뻑뻑한 눈을 비비며 아버지를 따라 뒷산의 등산로로 향했다.

　그날도 그렇게 일요일 아침을 맞아 산을 오르던 중이었다. 초겨울의 쌀쌀한 날씨였던 걸로 기억한다. 등산로에 얕은 눈이 쌓여 있었고, 사람들이 밟고 지난 곳으로 듬성듬성 흙이 드러나 있었다. 길을 따라서 십여 분을 걸으니 약수터가 나타났다. 등산복을 입은 사람들이 삼삼오오 모여서 체조하는 모습을 볼 수 있다. 우리는 약수터의 차가운 물로 목을 축인 후 능선을 따라 난 등산로로 발걸음을 옮겼다. 그렇게 또 얼마간 가다가 잠시 쉬어 가기 위해서 멈춰 섰다. 옆을 보니 우리가 걸어가는 등산로 왼쪽으로 울타리가 쳐져 있었다. 그리고 울타리 바로 안쪽의 작은 나무 팻말에 이렇게 적혀 있었다.

　"이곳은 사유지임."

　아버지는 잠시 걸음을 멈추더니 그 팻말을 말없이 바라보았다. 그러고는 바로 앞에 놓여 있던 주먹만 한 돌멩이 하나를 집어 들고 나에게 물었다.

"여기는 사유지구나. 너는 그게 무슨 뜻인 것 같으냐."

나는 아버지가 '사유지'라는 단어를 알게 하려는 취지라고 생각했다. 그래서 쉬운 질문인 듯 이렇게 대답했다.

"뭐, 주인이 있는 땅이란 뜻이겠죠."

나의 대답을 듣고 아버지는 말씀을 이어갔다.

"그래. 누군가 이 땅의 주인이란 의미지. 하지만 그게 누군지는 몰라도 아마 여기 놓인 돌멩이 대부분을 단 한 번도 만져보지 못한 채 이 산 주인으로서의 시간을 마감하게 될 거야. 그리고 그다음 누군가에게 주인 자리를 넘겨주게 되겠지. 그게 그 사람 자식이든 아니면 새롭게 산을 사들일 사람이든."

아버지는 시선을 손에 든 돌멩이로 옮기고는 계속 말씀을 이어갔다.

"그런데 말이다. 여기 놓인 돌멩이 하나, 나무 하나조차도 만져보지 못하고, 이 땅을 진정으로 가지고 있다고 할 수 있을까. 주인은 자신이 이곳을 갖고 있다고 생각하겠지만, 사실은 이 땅이 그를 잠시 잠깐 스쳐 지나가는 건 아닐까."

나는 다시 현실로 돌아와 이 노인의 얼굴을 바라보았다. 어쩌면 우리가 '자리'라고 말하는 것도 이런 게 아니겠느냐는 생각이 들었다. 힘겹게 높은 '자리'에 오른다 한들, 거기에 머물 수 있는 시간은 생각보다 길지 않다. 그런 점에서 '자리'란 누군가에게 속하는 게 아니라 그저 잠깐 빌렸다가 시간이 지나면 돌려주어야 하는 것이다.

흔히 사람들은 '자리'를 차지했다고 말한다. 그렇게 애써 '자리'를 차지하고 나면, 심지어 그다지 높은 자리에 있지 않은 이들 조차도 자기가 차지한 그 '자리'와 거기에 딸린 한 줌의 권한을 마치 영원히 자기가 누릴 수 있는 것인 양 휘두른다. 내가 인턴으로서 지켜본 일부 스탭들과 레지던트들의 모습이 바로 그랬다. 그들은 그들이 잠시 빌린 '자리'가 곧 자신의 소유물인 줄 착각하고 있었다.

물론 이것은 비단 이 병원에서만 벌어지는 일은 아니다. 병원이라는 곳에만 존재하는 문제도 아니다. 이 사회 곳곳의 숱한 집단과 조직에 뿌리 깊이 박힌, '자리'에 대한 오해에서 빚어진 사달이다. 문제는 그러한 오해가 단지 오해로 끝나는 게 아니라, 그 아래에서 아직 세상을 채 알지도 못하는 젊은이들이 상처 입고 좌절하고 있다는 사실이다.

내가 언젠가 '자리'라고 불릴 만한 곳에 가게 된다면, 나는 절대 그러지 말아야겠다는 다짐을 했다. 내가 잠시 빌린 '자리'가 결코 내 소유물이 아님을 잊지 않겠노라고 거듭 되뇌었다. 적어도 내가 한심하게 여긴 이들이 보여주었던 행태를 내가 답습하는 일은 없도록 하고 싶었다.

전직 서울 시장과 단둘이 보낸 시간이 10분이나 흘렀을까. 차 창밖을 보니 목적지인 대학병원 입구로 들어서고 있었다. 평소라면 30분이 넘는 거리인데 그 절반도 걸리지 않은 듯했다. 이제 곧 이 노인과 헤어질 시간이었다. 나는 문득 노인 입장에서 지금 이 순간이 갖는 의미를 생각해보았다. 중환자실에서 듣기로 그는 살날이 얼마 남지 않았다고 했다. 지금 이 순간이 그의 마지막 외출이고, 이 앰뷸런스는 그가 이번 생에서 탈 마지막 차일 수도 있었다. 그가 이제껏 살아온 길고 긴 삶에서 내가 마지막을 함께하고 있다니. 비록 의식은 없었으나, 나는 나름대로 예우를 갖추고 싶었다.

앰뷸런스에서 이동식 침대를 내릴 때, 접혀 있던 침대 다리가 펴지면서 땅에 닿는다. 아무리 정교하게 설계되었다고 해도, 앰뷸런스마다 높낮이가 조금씩 다르기 때문에 이동식 침대를 내릴 때 충격을 피하기는 어렵다. 나는 이 충격을 줄여주는 것이 내가 해야 할 마지막 일이라고 생각했다. 앰뷸런스 문이 열리고 환자를 인계받을 의료진이 인사를 건넸다. 나는 그에게 앰부백을 넘기고 자리를 옮겨 이동식 침대를 받을 준비를 했다. 천천히, 아주 천천히, 이동식 침대가 조금의 충격도 없이 땅에 닿도록 두 팔로 있는 힘껏 지탱해주었다. 비록 의식 없는 그가 느끼지 못할지라도, 그렇게 해야 할 것 같았다. 그게 그의 삶의 마지막 순간에 함께한 사람으로서 보낼 수 있는 최소한의 예우일 것 같았다.

그날 이후 나는 다시 바쁜 일상으로 돌아갔다. 그때 있었던 일은 시간의 흐름 속에 자연스럽게 잊혀졌다. 그러다가 문득 궁금해져서 그의 이름을 인터넷에서 다시 찾아보았는데, 지병으로 생을 마감했다는 부고 기사를 확인할 수 있었다. 빈소는 내가 앰뷸런스를 함께 타고 갔던 병원의 부속 장례식장이었다. 나는 잠시 눈을 감고 그의 영면을 기원했다.

내가 아는 것이 전부가 아님을 인정하는 것.

잘못했을 때 잘못했음을 솔직히 인정할 수 있는 태도.

그것이야말로 진짜 의사와 사이비를 구분 짓는

결정적인 차이점이 아닐까.

의사가 무심코
놓치는 것들

응급실 바깥에서 앰뷸런스의 사이렌 소리가 점점 가까워지고 있었다. 뿌연 시트지를 바른 응급실 유리문 너머로 앰뷸런스의 경광등 불빛이 멈춰 섰다. 잠시 후 접수대 앞에 있던 청원 경찰들이 응급실 출입구를 열어젖혔다. 차가운 2월의 공기가 활짝 열린 문 사이를 통해 응급실 로비로 밀려들어 왔다. 곧이어 서너 명의 구급 대원들이 60대 정도로 보이는 아주머니 한 분을 들것에 싣고 들어왔다. 파일철을 들고 마지막으로 들어온 주황색 복장의 구급 대원에게 다가가서 물었다.

"어떤 환자인가요?"

"특별한 과거력 없는 62세 여성이고요, 20분쯤 전부터 이유 없이 어지러움과 호흡 곤란이 시작되었다고 합니다. 현재 혈압은 110/63, 산소포화도는 97%입니다."

"네. 알겠습니다. 저쪽으로 갈게요."

나는 계속 아주머니의 상태를 주시하며 비어 있는 침대로 안내했다. 다행히 아주머니는 대화를 나누기에 문제가 없어 보였다. 어지럽고 숨찬 정도도 집에서 출발할 때보다는 한결 나아졌다고 했다. 아주머니가 침대에 자리를 잡고 난 뒤, 나는 몇 가지 질문을 건넸다. 아주머니는 이전까지 특별히 아픈 곳 없이 지냈고, 혈압약이나 당뇨약처럼 챙겨 먹는 약도 없다고 했다. 폐질환을 앓았던 적도 없고 심장 쪽에도 아무런 문제가 없었다.

나는 아주머니가 말하는 내용을 차트에 기록하고, 전신 상태에 혹시 이상한 점은 없는지 살펴보았다. 그런데 한 가지 눈에 띄는 점이 있었다. 무릎 주변으로 마치 벌레에 물린 듯한 울긋불긋한 붉은 반점들이 보였다. 나는 아주머니에게 왜 이런 자국이 생겼는지 물어보았다. 아주머니는 자기도 처음 보는 거라며 전혀 모르겠다고 답했다. 하지만 정말로 몰라서 모른다고 하는 말투가 아니었다. 강한 부정은 긍정이라고 했던가. 아주머니는 뭔가를 숨기려는 듯 내 시선을 피하고 있었다.

의심스러운 점은 그것만이 아니었다. 내가 아주머니와 이야기를 나누는 동안 먼발치에서 그 모습을 계속 지켜보는 이가 하나 있었다. 희끗희끗한 긴 머리를 꽁지머리로 묶은 개량 한복 차

림의 중년 남성이었다. 그는 아주머니가 병원에서 들어온 후부터 줄곧 그 주변을 맴돌고 있었다. 나는 그에게 다가가 혹시 보호자인지 물었다. 그는 예상치 못한 질문에 다소 당황한 듯하면서도 자신이 보호자라고 말했다. 그러고 나서 조심스레 아주머니의 상태가 어떠한지를 되물었다.

나는 아주머니의 호흡 곤란이 생긴 이유를 알아보기 위해 흉부 엑스레이를 찍을 거라고 알려주었다. 그러면서 아주머니 증상과 관련해서 단서가 될 만한 게 있다면 숨김없이 알려달라고 말했다. 무엇보다 아주머니 무릎에 벌레에 물린 듯한 자국이 여러 개 있던데, 혹시 그게 무엇 때문에 생긴 것인지 아는지도 물어보았다. 그러자 그 남자는 검지손가락을 인중에 대고 잠시 고민하더니 어렵게 입을 뗐다.

그는 오랫동안 전국의 명산들을 돌아다니면서 자연 요법을 연구해온 사람이라고 자신을 소개했다. 사실은 응급실에 오기 전 자신이 운영하는 연구소에서 아주머니의 무릎에 봉침 시술을 했는데, 아주머니가 갑자기 목을 움켜쥐며 숨을 쉬기 어려워해서 혹시 몰라서 119에 신고했다고 한다. 그러면서 자기가 10년 넘게 수없이 많은 사람들에게 봉침을 놔줘서 아는데, 이건 일시적인 명현 반응이라 크게 걱정하지 않아도 된다며, 오히려 나를 안심시켰다.

봉침 시술이란 벌의 꽁무니에 있는 침에서 추출한 독, 즉 '봉독'을 치료 효과를 기대하며 사람의 피부에 주입하는 것을 말한다. 문제는 자연 요법을 내세우며 봉침 시술을 감행하는 이들 상당수가 무자격자일 뿐 아니라, 그들이 사람 몸에 주입하는 정제되지 않은 봉독이 치명적인 아나필락시스(anaphylaxis) 반응을 일으킬 수 있다는 사실이다.

아나필락시스란 온몸에 걸쳐 나타나는 극심한 과민 반응이다. 쉽게 말해서 아주 심한 알레르기다. 봉독 같은 원인 물질에 노출된 후 짧은 시간 내에 피부나 점막에 두드러기 혹은 혈관 부종이 발생하고, 호흡 곤란 등의 호흡기 증상이나 저혈압 등의 순환기 증상을 동반하면 아나필락시스로 진단할 수 있다. 아나필락시스를 즉시 치료하면 큰 후유증 없이 회복될 수 있지만, 지체하거나 적절한 치료가 이루어지지 않으면 백 명 중 한 명꼴로 목숨을 잃는다. 자칫했다가 아주머니가 유명을 달리할 수도 있었던, 아주 아찔한 상황이었다.

나는 곧바로 준비실에서 에피네프린(epinephrine) 주사를 가져다가 아주머니의 허벅지 근육에 찔러 넣었다. 에피네프린은 기도를 확장하는 효과가 있어서 아나필락시스가 의심될 때 호흡 곤란을 막기 위해 응급으로 투여하는 약물이다. 설사 아나필락시스로 확실히 진단을 내리기 전이라도, 정황상 아나필락시스에 의한 호흡 곤란이 의심된다면 에피네프린을 쓰는 것이 정석이다.

아주머니의 상태가 그나마 안정적인 점을 감안하여, 에피네프린 주사를 투여한 후 두어 시간 동안 산소 공급을 유지하고 수액을 맞으며 경과를 지켜보기로 했다. 영상의학과에 가서 엑스레이도 찍었지만 흉부 사진상에서는 특별한 이상을 발견할 수 없었다. 주사를 맞고 난 후 아주머니의 증세는 빠르게 호전되었다. 예상대로 아나필락시스에 의한 급성 호흡 곤란이었던 것이다.

그렇게 30분쯤 지난 후 다시 찾아가보니 아주머니는 응급실 침대의 등받이를 세운 채 누군가와 통화를 하고 있었다. 아마도 가족과 통화 중인 것 같았다. 수화기 건너편에 있는 누군가를 괜찮으니까 오지 않아도 된다고 거듭 안심시키고 있었다.

"별거 아니야. 바쁠 텐데 오지 않아도 돼. 쫌만 쉬었다가 가면 된대."

옆으로 고개를 돌리니 함께 왔던 꽁지머리 남자는 아주머니 바로 옆의 간이 의자에 앉아 스마트폰을 만지고 있었다. 그는 내가 온 걸 보더니 마침 할 말이 있었다며 침대에서 좀 떨어진 곳으로 나를 데리고 갔다. 그는 뒤를 돌아서 아주머니를 향해 웃으며 손을 한 번 흔들더니 다시 나를 보고 손을 동그랗게 모아 입 앞에 대고 헛기침을 했다. 그러고 나서 나에게 말했다.

"이제 저는 가봐도 될 것 같은데요. 뭐 제가 여기 더 있을 이유도 없을 것 같고……."

나는 대답했다.

"그래도 보호자로 오셨으면 환자가 퇴원할 때까지는 함께 계셔야 하지 않겠습니까."

그러자 그 남자가 말했다.

"음, 저도 그러고는 싶은데… 지금 연구소 문을 열어놓고 와서 다른 손님들이 기다리고 있어서요…."

나는 더 이상 아무 대답도 하지 않았다. 어차피 그는 처음부터 내 대답 따위는 필요하지 않았다. 자기 할 말이 끝나기 무섭게 이미 챙겨온 가방을 들고 응급실 문으로 향하고 있었다. 나는 아주머니 쪽을 돌아보았다. 그녀는 보호자도 없이 혼자 덩그러니 남겨져 이쪽을 쳐다보고 있었다.

나는 쌓인 일들을 처리하고 다시 아주머니에게 갔다. 어쩌다가 그런 불법 시술소에서 벌침을 맞을 생각을 했는지 이야기나 들어볼 참이었다. 다른 한편으로는 혼자 응급실에 버려진 모습에 안쓰러운 마음이 들어서 다음 호출이 올 때까지 말동무나 해줄 생각이었다.

아주머니는 병원 근처의 식당에서 일한다고 했다. 서울 시내의 골목 어딜 가나 흔히 볼 수 있는 그런 가정식 백반집이었다. 아주머니가 직접 음식을 만드는 건 아니고 설거지나 식탁 정리처럼 식당의 잔일을 돕는다고 했다. 아침 8시에 출근해서 밤 10시에 퇴근할 때까지 꼬박 14시간을 일하고, 그렇게 월요일부터 토요일까지 해서 120만 원을 받는다고 했다.

그런데 요 몇 달 사이에 무릎관절이 욱신거리기 시작했다고 한다. 무릎 상태가 예전 같지 않다는 건 느끼고 있었지만, 이제는 1시간 이상 서 있기가 어려울 정도로 통증이 심해진 것이다. 그래서 언제 한 번 시간을 내서 가까운 정형외과에 가려고 하던 차에, 같이 일하는 다른 아주머니가 정형외과에 가면 무조건 수술부터 하자고 하니 가지 말라고 했단다. 그러면서 자기가 잘 아는 곳에서 봉침을 놓는데 꼭 한 번 가보라고 했단다. 거기서 벌침을 맞고 아픈 데가 나은 사람이 한둘이 아니라며. 그렇게 아주머니는 응급실에 오기 직전 꽁지머리 남자로부터 무릎에 봉침을 맞았던 것이다.

나는 다시 물었다. 왜 처음에 응급실에 왔을 때 사실대로 말하지 않았느냐고. 아주머니는 그 남자가 버젓이 지켜보고 있는 상황에서 미안한 마음에 사실대로 말할 수 없었다고 했다. 나는 아주머니 눈을 바라보면서 이건 아주머니가 그 남자에게 미안할 일이 아니고 오히려 그 반대라고 말했다. 나는 아주머니의 손을 꼭 잡으며 말했다.

"이번에 이렇게 고생하셨으니, 다음부턴 그런 데 가서 봉침 같은 거 함부로 맞지 마세요."

아주머니는 잘 알겠다고, 그렇게 하겠다고 답했다. 그때 스테이션* 쪽에서 인턴을 찾는 목소리가 들렸다. 이제 다시 일하러 갈 시간이었다. 나는 아주머니에게 좀 쉬다가 별일 없으면 퇴원하게 될 거라고 말하며 자리에서 일어섰다.

한 시간쯤 흘렀을까, 다른 환자들의 채혈을 마치고 검체 수집함으로 향하는 길에 아주머니의 침대 쪽을 돌아봤다. 퇴원 결정이 내려졌는지 주섬주섬 집에 갈 채비를 하고 있었다. 그리고 잠시 후, 아주머니는 몇 시간 전 가쁜 숨을 쉬며 들것에 실려 들어왔던 바로 그 문을 통해 천천히 두 발로 걸어 나갔다.

아주머니의 모습은 시야에서 사라졌지만, 나는 계속 같은 자리에 서 있었다. 가만히 보면 하루하루 빠듯하게 사는 이들이 주위에서 하는 말에 더 쉽게 혹한다. 넉넉하지 않은 시간과 돈을 그마저도 가짜 치료에 허비한다. 심지어 제대로 된 치료를 받으면 큰 어려움 없이 회복될 수 있는데도 가짜 치료에 돈과 시간을 낭비하다가 결국 시기를 놓쳐서 돌이킬 수 없는 상황이 되기도 한다. 어려운 처지의 사람들이 점점 더 어려워지는 현실, 생각하면 할수록 슬픈 아이러니다.

그리고 그 아이러니의 중심에는 치료라는 이름으로 온갖 검증되지 않는 행위를 서슴지 않는 꽁지머리 남자 같은 사이비들이

---

* 스테이션(Station): 의료진들이 업무를 보거나 잠시 대기할 수 있도록 병동이나 응급실에 마련된 공간.

있다. 따지고 보면 이 모든 문제의 근원은 바로 그들이 아닌가. 그들은 자신들이 이곳저곳에서 주워 담은 알량한 경험과 믿음을 고집한다. 단지 고집하는 것으로 그치면 그나마 다행인데, 그들은 기어이 순박한 사람들의 마음을 현혹하고 몸을 망친다.

그렇게 한참을 마음속으로 사이비들을 탓하고 있을 때였다. 나는 불현듯 인정하고 싶지 않은 진실 하나를 마주했다. 나 또한 본질적으로는 그들과 다르지 않았다. 내가 아주머니의 허벅지에 에피네프린을 찔러 넣는 순간, 나는 그 상황을 완벽히 이해한 것이 아니었다. 봉침을 맞은 후에 나타나는 호흡 곤란이 아나필락시스에 의한 것일 가능성이 크다는 것, 그리고 이때 에피네프린을 투여하는 게 설사 아나필락시스가 아닐지라도 실보다 득이 큰 응급처치라는 것을 선배 의사들에게서 배웠고, 그에 따라서 기계적으로 행동한 것뿐이었다. 엄밀히 말하면, 나조차도 경험과 믿음이라는 불완전한 기반 위에서 완벽히 검증되지 않은 의료 행위를 한 것이었다.

나를 포함한 많은 의사들이 이처럼 자신이 알고 있는 것, 아니 알고 있다고 믿는 것을 무비판적으로 따른다. 암기로 점철된 의대 교육의 어두운 단면이다. 그런데 그렇게 경전을 외듯 무비판적으로 답습하는 의학 지식의 실체는 생각만큼 완벽하지 않다. 의사 한 명이 일 년 동안 하루 24시간 쉬지 않고 의학 서적을 읽는다고 해도 그해에 새로 출간되는 100개 가운데 2개밖에 읽지 못한다고 한다. 그런가 하면 의사들이 자는 동안에도 평균 40초마다 새로운 의학 논문이 출간되고 있다. 이는 아무리 뛰어난 의사라도 사람이 밝혀낸 지식 가운데 극히 일부만 소화할 수 있다는 뜻이다. 하물며 사람이 밝히지 못한 것까지 범위를 넓힌다면 의사 개개인의 경험과 지식이라고 하는 것은 사실 말하기 민망할 정도로 초라할 수밖에 없다.

하지만 안타깝게도 일부 의사들은 환자들 앞에서 자신이 모를 수 있다는 걸 인정하는 데 놀라우리만치 인색하다. 거기에는 크게 두 가지 이유가 있다. 의사들에게는 그들의 지식에 대한 반론을 인격에 대한 도전으로 받아들이는 경향이 있다. 그리고, 긴 시간 동안 의사로서 한길만 걸어온 자신의 삶이 부정당하는 것으로 느껴지기 때문일 수도 있다. 그 이유가 무엇이건 많은 의사들이 자신의 의학적 판단이 틀리는 것을 존재론적 위기로 받아들인다. 자신의 판단이 틀리면 자신의 존재 가치가 흔들린다고 믿는 것이다. 그리고 이런 의사들일수록 나이가 들고 지식과 경험이 쌓이면서 사고는 오히려 경직된다.

어쩌면 아주머니가 정형외과 대신 불법 봉침 시술소를 택한 것은 그동안 의사들이 보여준 경직된 태도 때문일지도 모른다. 만약에 의사들이 환자의 말에 조금 더 세심하게 귀를 기울였다면, 자기가 아는 게 전부가 아니라는 태도를 보였다면, 식당 아주머니들도 정형외과에 가면 '무조건' 수술한다고 생각하지는 않았을 것이다. 조금 심하게 말하자면, 아주머니가 불법 봉침 시술소로 향하게 된 데에는 꽁지머리 남자 못지않게 의사들의 책임도 있는 것이다.

내가 아는 것이 전부가 아님을 인정하는 것. 잘못했을 때 잘못했음을 솔직히 인정할 수 있는 태도. 그것이야말로 진짜 의사와 사이비를 구분 짓는 결정적인 차이점이 아닐까. 사이비들이 자신의 경험과 지식은 틀림없다며 자충수를 두고 있을 때, 진짜 의사라면 자기가 아는 게 항상 정답일 수 없다는 사고방식을 가져야 하지 않을까. 그러고 보면 병원 수련이란 지식과 경험을 쌓는 게 전부는 아닌 듯싶다. 그것 말고도, 아니 그보다 훨씬 더 중요한 것은 내가 아는 게 전부가 아니라는 마음가짐을 익히는 것인지도 모르겠다.

생계와 수술 중에

하나를 선택해야 하는 환자에게

외과 의사는 무슨 말을 해줄 수 있을까.

3

환자가
수술을 거부한 이유

일 년간의 고된 인턴 과정 뒤에는 훨씬 더 고될 레지던트 과정이 기다리고 있었다. 의사들은 인턴으로 일하는 동안 어떤 과의 레지던트로 들어갈지 탐색하는 시간을 가진다. 세상일이 종종 그렇듯 실제로 부딪혀보면 처음 가졌던 생각이 바뀌기 마련이다. 예컨대 어떤 인턴은 "의사라면 역시 내과지!"라며 당연히 내과에 지원할 것처럼 말했다가도 내과를 돌고 난 뒤에 마음을 접었고, 또 어떤 인턴은 소아청소년과에 관심이 없다가도 아이들을 좋아하는 자기 안의 의외의 면을 발견하고 소아청소년과 레지던트가 되었다.

내가 외과를 선택한 이유를 딱 집어서 말하기는 어렵다. 그럼에도 군이 꼽아본다면 두 가지 정도를 들 수 있을 것 같다. 무엇보다도 나는 스스로의 한계에 도전해보고 싶었다. 밤샘 수술과 당직을 밥 먹듯 하는 외과는 여러 과 중에서도 가장 힘들기로 첫손에 꼽힌다. 그런 만큼 내가 만약 외과 레지던트 과정을 무사히 마치고 외과 전문의가 된다면 비로소 나 자신의 건강에 대한 자타의 우려를 불식할 수 있겠다고 생각했다.

그다음으로, 외과가 생명과 직접 연계되는 영역을 다루면서 수술도 접할 수 있는 과였기 때문이다. 그 점은 내가 수련을 받기로 결정한 처음의 동기와 연결되는 부분이었다. 나는 훗날 언젠가 원격의료라는 궁극적인 지향점으로 돌아가기에 앞서, 임상 의학의 기본적인 면면을 체득하려는 뜻을 품고 수련을 시작했다. 그러한 점에서 생명에 직접적인 영향을 미치는 약물 투여부터 수술 집도까지 배울 수 있는 외과 레지던트는 임상 현장의 다양한 면을 두루 경험하기에 최적의 기회였다. 요컨대, 나는 스스로를 극한의 상황으로 몰아붙여서 한계를 시험하는 동시에 훗날 나아갈 길을 위한 발판으로 삼겠다는 생각으로 외과 레지던트의 길에 들어섰다.

사실 외과로 진로를 결정하기까지 걱정이 없지는 않았다. 내가 인턴을 돌기 전까지 갖고 있던 외과 의사들에 대한 인상은 술담배도 많이 하고 상명하복이 철저하다는 것이었다. 내가 과연 그런 세상에 융화되어 4년간의 레지던트 과정을 무사히 마칠 수 있을지 걱정이 앞섰다. 하지만 다행스럽게도 외과에 레지던트로 들어온 뒤 그것은 괜한 우려였음을 깨달았다. 외과 의국*도 다 사람 사는 곳이었다.

외과 레지던트들은 연차별로 역할 분담이 되어 있었다. 레지던트는 저연차 때는 고연차로부터 업무를 배우고, 자기가 고연차가 되면 그것을 다시 저연차에게 전수해주었다. 의국에 갓 들어온 1년 차는 병동 환자에게 처방을 하는 일부터 시작했다. 외과 병동의 환자는 크게 보아 수술을 준비하는 환자와 수술 후 회복 중인 환자로 이루어져 있었다. 얼핏 다 비슷한 환자들처럼 보이지만, 자세히 들여다보면 저마다의 상황이 모두 달랐다. 때문에 처방 하나하나를 낼 때마다 무척 조심스러울 수밖에 없었다. 인턴 때까진 사실상 의사가 아니어도 할 수 있는 일만 하다가 처음으로 처방이라는 의사 고유의 일을 마주한 1년 차로서는 매사가 살얼음판을 걷듯이 긴장되는 게 당연했다.

2년 차가 된 레지던트는 본격적으로 수술실에 들어갔다. 처음에는 주로 국소 마취 수술에 보조로 들어갔다. 국소 마취 수술은 리도카인(lidocaine) 같은 국소 마취제로 신체 일부분의 감각을 없

---

* 의국: 각 과의 의사들이 업무를 보기 위해 주어진 장소로, 주로 회의나 처방 등의 목적으로 사용된다. 단순한 장소의 의미를 넘어서 해당 과 자체를 지칭하기도 한다. 예를 들어 '외과 의국'.

애고 그 부분에 작은 수술을 하는 것을 말한다. 환자가 깊이 잠드는 전신 마취와는 다르게 국소 마취 수술 중 환자는 보통 깨어 있는 상태로 있게 된다. 외과에서 흔히 하는 국소 마취 수술로는 항문 수술이나 양성 종양의 한 종류인 지방종 제거 수술 등이 있다.

외과 레지던트 2년 차 중반부터는 외과 수련의 꽃이라 할 수 있는 전신 마취 수술에 들어갔다. 이 기간 동안 레지던트는 충수염, 담낭염, 범복막염 등의 염증 제거 수술부터 위암, 대장암, 직장암, 담낭암, 유방암, 갑상선암 등의 암 절제 수술까지 다양한 수술을 배웠다. 간이나 신장 같은 장기 이식 수술도 아주 가끔 있었다.

수술은 그야말로 예측불허 상황의 연속이었다. 수술 중에 혈관이 터져서 피가 뿜어져 나오는 게 보이면 말보다 손이 먼저 나갔다. 그나마 출혈 지점을 바로 찾으면 재빨리 묶을 수 있어서 다행이었다. 실제로는 어디서 피가 나오는지 보이지 않을 때도 많았다. 그럴 때는 피가 솟는 곳을 전기 소작기*로 지지거나 피가 멎을 때까지 꾹 누르고 있어야 했다. 그런 수술 하나가 짧게는 1시간부터 길게는 10시간 넘게까지 걸렸다. 되돌아보면 이때가 외과 레지던트 전체를 통틀어서 정신적으로나 체력적으로나 가장 힘들었던 시기였다. 하지만 그런 만큼 외과 의사로서의 보람을 가장 많이 느낀 시간이기도 했다.

---

* 소작기: 전류를 이용하여 지혈을 하는 데 사용되는 수술 기구의 일종.

레지던트 3년 차 때에는 수술 보조를 넘어서 간단한 국소 마취 수술을 직접 집도했다. 집도란 칼을 잡는다는 의미다. 달리 말하면 수술 하나를 책임지고 이끈다는 뜻이다. 국소 마취 수술을 어느 정도 능숙하게 할 수 있게 되면 복강경 충수 절제술처럼 1시간 내외로 비교적 짧게 끝낼 수 있는 전신 마취 수술도 직접 집도했다. 스탭이 수술의 처음부터 끝까지 레지던트 뒤에 서서, 줄 달린 인형을 다루듯 일거수일투족을 지시했지만 말이다.

여담이지만, 수술을 받을 때 큰 병원으로 가는 게 반드시 좋다고만 할 수 없는 것이 바로 이 때문이다. 수련병원에는 글자 그대로 수련의 기능도 있기 때문에 인턴과 레지던트가 진료 과정에 참여하게 된다. 그리고 이 참여라는 말에 때로는 수술 집도도 포함된다. 외과 전문의가 아닌 레지던트가 수술의 일부 또는 전부를 주관할 수도 있다는 말이다. 수술을 받는 환자의 입장에서 그렇게 달가운 일은 아닐 것이다. 그에 반해서, 개인이 운영하는 외과 병원은 종합병원보다 규모는 작을지 몰라도 수술 집도만큼은 경험이 풍부한 전문의가 직접 한다.

물론, 레지던트가 수술에 참여하는 걸 무조건 나쁘게 볼 수만은 없다. 그 레지던트들이 경험을 쌓아야 또 한 명의 외과 전문의로 거듭날 수 있기 때문이다. 한편으로 개인병원은 다른 과와의 협진이 어렵기 때문에 예기치 못한 상황이 발생했을 때 여러 과의 협진 체계를 갖춘 종합병원에 비해서 대처하기 어렵다는 단점도 있다. 말하자면, 저마다의 장단점이 있는 것이다.

처음에는 모든 게 어색하고 서툴렀던 외과 레지던트로서의 일상도 시간이 흐르면서 차츰 익숙해졌다. 누군가 말하길 외과 의사는 자신감이 생기는 순간이 가장 조심해야 할 때라고 하던데, 내가 딱 그 정도 지점을 지나고 있었다.

그날도 이른 아침부터 줄곧 수술실에 있다가 늦은 오후가 돼서야 밖으로 나왔다. 점심시간이 한참 지난 시각이었다. 나는 끼니라도 때울 요량으로 컵라면의 뚜껑을 뜯고 끓는 물을 부었다. 잠시 망중한을 즐기다가 젓가락으로 면발을 건져 올려서 삼키려고 할 때였다. 하필이면 전화는 꼭 이럴 때 울린다. 전화를 건 사람은 인턴 동기로 나보다 두 살 아래의 내과 레지던트였다.

"신 선생님, 내과 외래에 오신 분이 압뻬여서 컨설트 때문에 전화드렸습니다. 저희 과에서 보는 고혈압과 당뇨 외에 특별한 과거력은 없고요, WBC 올라가 있고, CT 찍어보니까 뭐 확실해 보이네요."

컨설트는 다른 과에 협진을 의뢰하는 걸 말한다. 압뻬는 급성 충수염의 영어 이름인 'acute appendicitis'의 줄임말로 'appe'를 가리킨다. WBC는 백혈구 수치를 말하는데 몸에 염증이 있을 때 올라간다. 나는 젓가락으로 라면 면발을 놓지 않은 채 대답했다.

"네. 컨설트 내주세요. 바로 확인할게요."

나는 컵라면을 흡입하듯 해치웠다. 그다음 곧바로 컴퓨터 앞에 앉아 처방 프로그램을 열었다. 그 짧은 사이에 벌써 내과에서 보낸 협진 의뢰가 도착해 있었다. 아마 내과 레지던트가 의뢰서를 다 써둔 상태로 전화를 끊자마자 전송 버튼을 누른 듯했다.

'상환은 내과에서 HTN, DM으로 외래 진료 중인 분으로, 금일 오전 발생한 우하복부 통증 호소하여 이학적 검사 및 CT 소견상 acute appendicitis 의심되어 귀과 진료를 의뢰드립니다. 고진선처 바랍니다.'

'상환'은 '위의 환자'를 말한다. 처음에는 굳이 그렇게 써야 하나 의문이 들다가도 어느새 습관적으로 쓰게 되는 일본어 투 표현 중의 하나다. HTN은 고혈압, DM은 당뇨병이다. 우하복부는 오른쪽 아랫배를 뜻하며, 이학적 검사는 복잡한 기계 없이 시진, 촉진, 타진, 청진처럼 사람의 감각을 이용해 환자의 이상 여부를 확인하는 걸 말한다. 고진선처는 '잘 부탁한다'라는 의미로, 의사들끼리 서로에 대한 존중의 의미를 담아 관례적으로 쓰는 표현이다.

급성 충수염은 외과 레지던트에게 컵라면 다음으로 익숙하다. 그만큼 외과에서는 흔한 진단명이다. 사람의 대장이 시작하는 부분에는 손가락처럼 길게 튀어나온 부분이 있다. 이것을 충수돌기라고 하고, 여기에 염증이 생긴 것을 충수염이라고 한다. 급성은 갑자기 생겼다는 뜻이다. 흔히 병원 밖에서는 충수염이 맹장염이라는 이름으로 더 자주 불리는데, 충수염이 옳은 명칭이다. 맹장은 충수돌기가 붙어 있는 대장의 시작 부위 전체를 가리킨다.

염증이 충수돌기에 머물러 있는 상태에서는 한 시간 내외의 수술로 떼어내면 대부분 깔끔하게 해결된다. 하지만 이를 방치할 경우에는 문제가 커질 수 있다. 염증 부위가 언제든 터질 수 있기 때문이다. 그렇게 되면 장 속에 있는 찌꺼기와 잡균들이 복강으로 흘러 들어가서 범복막염이라는 무시무시한 상황이 벌어진다. 호미로 막을 걸 가래로도 못 막게 되는 셈이다. 심한 경우에는 생명을 잃을 수도 있다.

나는 모니터에 환자의 CT를 띄워보았다. 환자의 복부 횡단면을 선택한 뒤 마우스 스크롤을 돌리면서 환자 몸의 위에서 아래까지 죽 훑어 내려갔다. 그렇게 환자의 오른쪽 아랫배 위치에 도달했을 때였다. 하얀 색의 두툼한 새끼손가락 크기의 물체가 나타났다. 전형적인 급성 충수염의 CT 소견이었다. 나는 수술 동의서를 챙겨 들고 환자가 입원해 있는 병실로 향했다.

환자는 호리호리한 체구에 머리가 조금 벗어진 60대 남성이었다. 첫인상이 무척 순박해 보였다. 평소에 햇볕에 많이 노출되는 일을 하는지 피부 곳곳에 검버섯이 피어 있었고, 얼굴에는 잔주름이 가득했다. 때문에 얼핏 보기에도 원래 나이보다 10년은 더 들어 보였다.

나는 환자에게 반듯이 누우라고 한 뒤, 무릎을 들어 올리라고 했다. 그다음 배의 여러 군데를 꾹꾹 눌러보았다. 내가 오른쪽 아랫배를 누르자 환자는 얼굴을 찌푸리며 고통스러워했다. 역시 급성 충수염이 틀림없었다.

나는 환자에게 급성 충수염으로 수술을 해야 한다고 말했다. 그리고 퇴원까지 2~3일 정도 걸릴 거라고 알려주었다. 내가 말을 마치자 환자는 수심 가득한 목소리로 말했다.

"저 지금 수술 못 합니다. 퇴원해야 해요."

사실 환자 입장에서는 당혹스러울 수밖에 없다. 배가 조금 아픈 줄 알았는데 갑자기 수술을 해야 한다니. 그리고 원래 수술을 하자는데 처음부터 흔쾌히 반기는 환자는 거의 없다. 보통은 조금 더 생각을 해보겠다고 하거나 아니면 다른 방법은 없냐고 묻는다. 나는 환자에게 조금 더 고민해보라고 말하고 자리를 떴다.

잠시 후 당직 스탭에게서 전화가 왔다. 응급 충수 절제술 환자가 있다고 들었는데 수술하는 게 맞냐는 전화였다. 나는 맞긴 한데 아직 환자가 결정을 못 내렸으니 잠깐만 기다려달라고 답했다. 스탭은 오늘 저녁 약속이 있다며 할 거면 빨리하자며 재촉했다. 나는 알겠다고 한 뒤 전화를 끊었다.

나는 다시 환자를 찾아가 지금 수술을 받으면 회복하기까지 길어야 며칠이면 되는데, 무리해서 귀가하면 생명이 위태로운 상황이 될 수도 있음을 알려주었다. 환자도 자신이 처한 상황을 이해하는 듯했다. 하지만 여전히 마음의 결정을 내리지 못하고 있었다. 나는 환자에게 혹시 수술을 받지 못하는 다른 이유가 있는지 물었다. 환자는 병실 한쪽 벽에 걸린 시계를 보며 한숨을 쉰 뒤 자기 이야기를 시작했다.

그는 아파트 경비원으로 일하고 있었다. 결혼해서 독립한 자식들에게 손 벌리지 않으려고 시작한 일이라고 했다. 아파트 경비가 수월한 일은 아니었다. 출퇴근 시간마다 이중 주차된 차를 미는 데 힘을 보태야 했고, 주민들이 아무렇게나 내던지고 간 재활용품을 종류별로 나누는 것 또한 그의 몫이었다. 그래도 몸이 힘든 건 차라리 나았다. 잠깐 자리를 비웠다고 자식뻘 되는 주민들이 삿대질할 때는 당장이라도 그만두고 싶은 마음이 치밀어 올랐다. 하지만 그럴 때마다 그는 지는 게 이기는 거라고 스스로를 다독이며 하루하루 버텨냈다.

그러던 중 최근 좋은 소식도 들려왔다. 최저임금이 올라서 경비원들의 급여가 조금씩 인상된 것이다. 그는 손주 녀석들에게 장난감이라도 한 개 더 사줄 수 있을 거라는 기대에 한껏 부풀었다. 하지만 그 기쁨은 오래가지 않았다. 관리사무소에서 경비원들의 임금 상승분만큼 인원을 감축하기로 결정했기 때문이다. 관리사무소장을 만나고 온 동료 경비원 두 명이 벌써 그만두었다. 만약 그가 수술받느라 병원에 입원하게 된다면, 다음은 그의 차례가 될 게 분명했다. 그는 거기까지 말을 마친 뒤 또다시 깊은 한숨을 내쉬었다.

생명이 위태로운 상황에서도 일자리를 잃을까 봐 두려워하는 모습 앞에서 계속 수술을 받자고 말하기도 망설여졌다. 환자에 대한 안타까움 때문만은 아니었다. 나 자신이 그렇게까지 매정해지고 싶지 않기 때문이기도 했다. 생계와 수술 중에 하나를 선택해야 하는 환자에게 외과 의사는 무슨 말을 해줄 수 있을까. 그에게도, 그리고 나에게도 너무 잔인한 상황이었다.

병원에서는 종종 환자의 자기 결정권과 의사의 진료 의무가 충돌한다. 그리고 대부분의 경우에 의사는 환자의 자기 결정권을 따를 수밖에 없다. 한 사람이 스스로의 운명을 결정함에 있어서 자기 자신의 자유의지만큼 중요한 것은 없기 때문이다. 그래서 의사들은 받아야 할 치료를 끝까지 거부하는 환자를 만나면 보통 '자의 퇴원 동의서'라고 써진 종이에 서명을 받고 퇴원시킨다.

그런데 여기서 한 번쯤 생각해볼 부분이 있다. 환자의 자유의지는 올바른 이해를 바탕으로 한 것인가. 환자는 앞으로 자신에게 벌어질 일에 대해서 충분히 알고 있는가. 만일 그렇지 않다면 의사는 환자가 치료를 받지 않았을 때, 어떤 결과가 이어질지 끝까지 최선을 다해서 알려야 할 의무가 있지는 않은가.

의사의 진료 의무는 물론이고 환자의 자기 결정권보다도 더 우선해야 할 제3의 요소가 있다. 그것은 바로 의사의 설득 의무다. 나는 환자를 충분히 설득했는가. 나는 아직 그렇다고 자신 있게 말할 수 없었다.

긴 시간 고민하던 나는 환자가 더 나쁜 상황에 빠지기 전에 다시 한 번 설득해보기로 했다. 이번에는 나부터 조금 더 마음을 독하게 먹었다. 나는 환자를 설득할 마지막 기회라 생각하고 목소리에 힘을 실어서 좀 더 세게 몰아붙였다.

"지금 수술을 받지 않으면 돌아가실 수도 있습니다. 살아 계셔야 일을 하셔도 하실 것 아닙니까."

'살아 있어야 일을 한다'는 말이 남 이야기 같지 않게 느껴져서였을까. 환자에게 충격을 주려고 했던 말이 애꿎은 나를 때렸다. 갑자기 나의 뺨 위로 한줄기 눈물이 흘러내렸다. 잠깐 동안 그와 나는 말을 멈추었고 둘 사이에는 적막이 흘렀다. 잠시 뒤 그는 나에게 기다려달라고 하더니 어딘가로 전화를 걸었다. 그리고 수화기 건너편의 누군가에게 내일부터 며칠 동안 출근하지 못하게 되었다고 담담하게 말했다. 몇 시간 후 그는 수술실로 향했다.

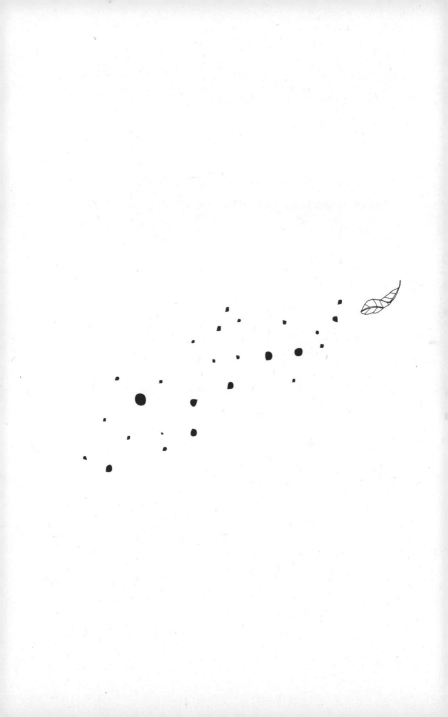

누군가는 호화로운 주상복합 아파트에서

원격의료를 누릴 수 있겠지만,

같은 시간 그 아파트의 경비원 자리를 잃지 않기 위해

전전긍긍하는 이에게는 딴 세상 이야기일 수도 있다.

4

그들도
함께 누릴 수 있기를

    다음 날 아침이 되었다. 나는 회진 시간에 앞서 그를 찾아갔다. 전날 수술을 무사히 마친 그는 침대 식탁을 당겨놓고 누군가 가져다 준 신문을 읽고 있었다. 그는 나를 보자 읽고 있던 신문을 접으며 반갑게 웃었다. 마침 조금 전에 방귀가 나왔다고 말했다. 충수염 절제술 후에 나오는 방귀는 이제 식사를 시작할 수 있다는 신호다. 나는 부드러운 음식부터 찬찬히 시도해보자고 말했다. 이르면 내일쯤 퇴원할 수 있을 거라고도 알려주었다. 그러자 그는 다시 한 번 순박한 웃음을 지으며 어차피 갈 데도 없으니 서두르지 않아도 된다고 말했다.

    그때, 갑자기 어떤 생각이 머릿속을 스치고 지나갔다. 나는 회진을 마치자마자 병원의 인사팀으로 달려갔다. 인사 담당자를 찾아서 혹시 병원에 60대 남자가 할 만한 일이 있는지 물어보았다. 전에 보니까 정원 관리하시던 분도 계시던데 혹시 일손이 부족해서 더 뽑을 예정이라면 내일 외과에서 퇴원하는 환자에게 귀띔해 주고 싶다고 말했다.

담당자는 알아보겠다며 그 환자가 입원하고 있는 자리를 알려 달라고 했다. 나는 메모지에 그가 입원 중인 병실을 적어주고 가벼운 발걸음으로 돌아 나왔다. 일개 레지던트가 병원 채용에 영향을 미칠 리는 만무하지만, 그래서도 안 되겠지만, 적어도 그 환자가 채용 공고를 모르고 지나치지 않도록 알려준다면 그것만으로도 충분히 고마운 일이었다.

다음 날 오전, 환자는 평상복으로 갈아입고 퇴원 준비를 하고 있었다. 그는 나를 발견하고 잠시 불러 세웠다. 그러더니 침대 옆 협탁 서랍에서 뭔가를 주섬주섬 꺼내서 나에게 건넸다. 조그만 비타민 음료 한 병이었다.

"신승건 선생님? 이거밖에 드릴 게 없네요."

나는 웃으며 손사래를 쳤다. 하지만 재차 권하는데 계속 거절하기도 어려워 결국 받아 들었다. 그의 말이 이어졌다.

"어제 병원 인사팀 사람들이 다녀갔어요. 굳이 그렇게까지 하지 않으셨어도 됐는데. 괜한 신경 쓰게 해서 미안합니다."

"아닙니다. 뭐라고 하던가요. 혹시 하실 만한 일이 있다고 하던 가요?"

"지금 당장은 없다는군요. 혹시 적당한 채용 공고가 생기면 알려준다고 합니다. 퇴원하고 제가 더 열심히 알아봐야지요."

환자는 나에게 거듭해서 고맙다고 말했다. 하지만 그 모습을 보는 나의 마음이 편치만은 않았다. 괜한 행동으로 환자의 자존감에 상처를 준 건 아닐까 싶어 미안한 마음도 들었다. 해준 것도 없는데 고맙다는 말을 계속 듣고 있기 무안해서, 금방 좋은 일을 찾길 바란다는 덕담을 건네고 서둘러 병실을 나왔다.

점심때 다른 환자의 일로 그가 입원했던 병실을 찾았다. 그는 이미 퇴원하고 없었다. 그가 쓰던 침대는 곧 있을 다음 환자를 맞이하기 위해 깨끗이 정돈되어 있었다. 나는 잠시 멈추어 선 채 빈 침대를 바라보았다. 그때 문득 나의 오래된 꿈이 머릿속에서 떠올랐다.

머지않은 미래, 병원 대신 집이라는 편안하고 익숙한 환경에서 의사의 진료를 볼 수 있게 된다고 한다. 진료실 앞에서 몇 시간씩 기다리는 데 지친 환자들에게는 더없이 기쁜 소식이다. 그 혜택은 불편함 해소에 그치지 않는다. 집에서 진료를 볼 수 있게 되면 병원이라는 밀폐된 공간에 많은 사람들이 모이게 되면서 발생할 수 있는, 여러 질병의 감염 위험도 줄어든다.

그런데 한 가지 의문이 들었다. 그날 내가 만났던 환자도 그 혜택을 누릴 수 있을까. 쉽게 답할 수 있는 문제가 아니다. 집에서 진료를 받으려면 이를 뒷받침할 여러 장비가 필요하다. 정기적으로 비용을 지불해야 할 수도 있다. 어느 정도 경제적인 여력이 있는 사람들이 이를 누릴 수 있다는 말이다. 누군가는 호화로운 주상복합 아파트에서 원격의료를 누릴 수 있겠지만, 같은 시간 그 아파트의 경비원 자리를 잃지 않기 위해 전전긍긍하는 이에게는 딴 세상 이야기일 수도 있다.

그렇다면 그냥 병원을 이용하면 되지 않겠느냐고 말할 수도 있겠다. 하지만 기술의 발전은 결국 병원의 역할에도 적잖은 변화를 요구할 것이다. 에릭 토폴[*](Eric Topol)은 『청진기가 사라진 이후』에서 미래의 병원은 외래, 수술, 시술, 중환자 치료를 위한 시설을 확충하는 반면 입원을 위한 일반 병동은 축소하게 될 거라고 했다. 그의 예측이 맞다면, 앞으로 집에서 진료를 볼 수 없는 이들은 부족한 입원 병실을 찾아 헤매야 할지도 모른다. 누군가가 누리는 축복이 그렇지 못한 이들에게는 재앙이 될 수도 있는 것이다.

더 안전하고 편리한 의료 서비스를 원하는 사람들의 욕구는 그것을 충족시킬 기술의 발전으로 이어진다. 누구도 그 흐름을

---

[*] 에릭 토폴, 『청진기가 사라진 이후』, 김성훈 옮김, 이은 감수, 청년의사, 2015

거스를 수는 없다. 원격의료는 머지않아 의료 체계의 한 축을 담당하게 될 것이다. 특히, 잊을 만하면 다시 고개를 들고 사람들의 일상을 흔드는 감염병 사태들이 비대면 원격의료의 도입을 재촉하고 있다.

하지만 빌딩이 높아질수록 그림자도 길어진다. 원격의료가 일상화될수록 그로부터 소외된 이들의 근심은 더욱더 깊어질 것이다. 누군가는 남겨진 이들이 어떤 삶을 살고 있는지 돌아보아야 한다. 선택된 사람들만 누릴 수 있는 원격의료가 아니라 누구나 누릴 수 있는 보편적 원격의료, 이제 그것은 어떤 외과 레지던트의 또 다른 꿈이 되었다.

나는 말문이 막혔다.

병원이라는 곳에서 도저히 있을 수 없는,

있어서는 안 되는 일이 일어난 것이다.

5

그날 밤,
외상 센터에서 일어난 일

레지던트 시절은 끝없이 되풀이되는 쳇바퀴 같은
일상의 반복이었다. 일상이 반복적인 만큼 시간은 빠르게 흘러갔
다. 빠르기라도 하니 그 시간을 버틸 수 있었는지도 모르겠다. 그
래도 그런 고생 끝에 환자의 상태가 점차 나아지고 퇴원까지 이
르게 되는 모습을 보게 되면 다시 마음을 다잡고 현장으로 뛰어
들게 된다. 그런 점에서 이 일에는 어떤 중독성이 있었다.

어느덧 레지던트 과정도 마지막 해를 향해 달려가고 있었다.

레지던트 수련의 마지막 한 해를 보내는 레지던트에게는 치프*라는 새로운 역할이 주어진다. 치프는 레지던트들 간의 업무를 분배하고 당직 일정을 조율한다. 어느 조직을 막론하고 업무 분배와 일정 조율은 당사자들의 볼멘소리가 나오기 쉬운 일들이다. 그래서 레지던트 중 가장 고참이 그 역할을 감당하는 것이다.

치프가 되면 병원에서 밤을 새워야 하는 당직은 줄어든다. 1년차 때는 한 달 중 절반을 넘던 당직 일수가 연차가 올라갈수록 조금씩 줄어들다가 치프가 되면 5일을 넘지 않는다. 그렇다고 마냥홀가분한 건 아니다. 당직이 없는 날에도 매일 아침 가장 일찍 출근해서 지난 밤사이 저연차가 했던 일들을 파악하고, 혹시라도 문제가 있으면 그 뒷감당을 해줘야 한다. 몸은 편해졌지만 마음은 무거워진 셈이다.

그날 아침도 평소와 다를 바 없는 하루의 시작이었다. 나는 병원 주차장에 차를 세우고 한 손에 커피를 든 채 의국으로 향했다. 손목에 감긴 시계를 들어 보니 이제 막 숫자 6과 7 사이에서 분침이 시침을 추월하고 있었다. 병원 밖 세상은 아직 잠든 시각, 적막한 병동 복도에는 잠결에 호출을 받고 온 인턴들만 유령처럼

---

* 치프(Chief): 각 과의 레지던트들을 대표하는 사람. 최고 연차 레지던트 중 한 명이 맡는다. 정식 명칭은 의국장이지만 현장에서 주로 치프라고 불린다.

돌아다니고 있었다.

나는 컴컴한 외과 의국에 들어서서 문 옆의 스위치를 더듬어 불을 켰다. 방 안이 환해진 순간 의국 구석의 간이침대에서 초록색 물체가 불빛에 자극받은 듯 꿈틀댔다. 나는 곧바로 불을 끄고 가까이 다가가보았다. 지난 밤사이 당직을 섰던 레지던트 2년 차 최 선생이 누에고치처럼 구부정하게 잠들어 있었다. 나는 흘러내린 모포를 최 선생의 가슴 높이까지 올려주고 뒤로 물러섰다.

당직 중이라도 잠은 당직실 침대에서 자기 마련인데, 이렇게 의국을 떠나지 못한 걸 보면 지난 밤사이에 어지간히 바빴던 모양이다. 나는 모니터 불빛이 최 선생의 단잠을 깨우지 않도록 가장 멀리 있는 컴퓨터에 자리를 잡고, 키보드 엔터 키를 두 번 두드려서 잠들어 있던 모니터를 깨웠다. 최 선생이 조금 전까지 처방을 넣고 있었는지 환자 목록이 화면에 떠 있었다. 나는 연결되어 있던 계정을 로그아웃하고 내 계정으로 다시 로그인했다. 새로 열린 환자 목록에 이름 하나가 눈에 띄었다.

'송○○, 여/14, 다발성 손상, 퇴원(사망)'

퇴원 환자 목록에 바로 몇 시간 전 세상을 떠난 14살짜리 여자아이의 이름 하나가 올라와 있었다. 세상에 안타깝지 않은 죽음이 어디 있을까만, 어쩌다가 이렇게 어린 나이에 생을 마감하게 되었을까 생각하니 마음이 무겁게 내려앉았다. 나는 입술을 굳게 다문 채 진료 기록을 열어보았다.

아이는 지난밤 1톤 트럭에 치이는 교통사고를 당한 후 의식을 잃은 상태로 앰뷸런스에 실려 응급실로 들어왔다. 호출을 받은 외상 외과 전문의가 곧바로 응급실로 내려와서 아이의 꺼져가는 숨을 되살리기 위해 사투를 벌였다. 하지만 골반 골절에 의한 극심한 출혈로 아이의 혈압이 곤두박질치기 시작했다. 의료진들은 곧바로 승압제를 투여하고 수혈을 했다. 그러나 결국 심정지가 이어졌고, 의료진들은 멈춘 심장을 되살리기 위해 심폐소생술을 시작했다. 한 시간 가까이 계속된 심폐소생술은 아이 부모의 그만해달라는 말과 함께 중지되었다. 그렇게 아이는 14살, 채 꽃도 피워보지 못한 나이에 세상을 떠나고 말았다. 지난밤, 긴박함과 허망함이 교차하던 순간들이 진료 기록지에 고스란히 담겨 있었다.

그때 최 선생이 두 눈을 비비며 간이침대에서 일어났다. 내 딴에는 잠을 방해하지 않으려고 했는데 마우스 딸깍이는 소리까지 숨길 수는 없었나 보다. 나는 모니터 위쪽 너머로 최 선생을 보며 말했다.

"최 선생님, 밤사이에 많이 힘드셨겠네요."

최 선생이 피곤에 절은 목소리로 답했다.

"아… 그게, 밤에 일이 좀 있었습니다."

최 선생은 뭔가 더 할 말이 있는지 덮고 있던 모포를 밀쳐내고 내 옆으로 다가왔다. 잠깐 망설이며 뜸을 들이더니 이내 나에게 놀라운 이야기를 털어놓았다.

지난밤, 최 선생이 당직을 서고 있을 때 전화가 한 통 걸려왔다. 외상 외과 스탭 황 선생의 전화였다. 황 선생은 자기가 지금 부산에 와 있는데 잠시 후 환자 한 명이 응급실로 들어올 테니 자기 이름으로 외상 외과에 입원을 시키라고 했다. 최 선생은 다른 스탭이 도와주는 거냐고 물었다. 응급 외상 환자를 아직 레지던트에 불과한 자기 혼자서 감당하는 건 어렵기 때문이었다.

사실 최 선생의 말은 옳았다. 순간의 판단으로 생사가 오가는 응급 외상 환자의 진료는 일개 외과 레지던트가 감당할 수 있는 일이 아니다. 그래서 외상 센터에는 외상 외과 전문의가 상주하며 환자를 직접 진료하도록 되어 있었다. 게다가 이 병원의 외상 센터는 '외상 외과 전문의들이 365일 24시간 대기하고, 외상 환자들을 위한 전용 수술실과 중환자실을 갖춘 곳'이라고 언론에 소개되고 있었다. 그렇게 하라고 나라에서도 매년 엄청난 돈을 이 병원의 외상 센터에 지원하고 있었다.

그런데 황 선생은 당장 도와줄 수 있는 외상 외과 전문의가 없으니 최 선생 혼자 환자를 보라고 말했다. 그 말을 들은 최 선생은 외상 외과 전문의가 환자를 직접 볼 수 없다면 차라리 외상 외과 전문의가 있는 다른 가까운 병원으로 환자를 보내는 게 어떻겠냐고 말했다. 하지만 황 선생은 스탭이 하라면 하는 거지 무슨 말이 그렇게 많냐며 버럭 화를 내고 전화를 끊어버렸다. 그렇게 통화를 마치고 넋이 나가 있는데 잠시 후 응급실에서 전화가 왔다. 교통사고를 당한 여자아이인데 황 선생이 당직 중인 외과 레지던트에게 전달하면 알 거라고 해서 전화했다는 것이다. 최 선생은 일단 환자 치료가 먼저라는 생각에 응급실로 달려갔다.

그가 직접 마주한 아이의 상태는 생각했던 것보다 훨씬 심각했다. 결국 응급실에 도착한 지 얼마 안 돼 여자아이의 심장은 멈췄고 최 선생을 비롯한 응급실에 있던 의료진들은 심폐소생술을 시작했다. 하지만 안타깝게도 아이는 곧 숨을 거두고 말았다.

그런데 이게 끝이 아니었다. 계속 전화로 상황을 묻던 황 선생은 환자가 사망했다는 말을 듣자 황급히 병원으로 달려왔다. 그렇게 새벽 서너 시쯤에 병원에 도착해서 최 선생을 찾더니 진료 기록지를 전부 삭제하라고 지시했다. 그 뒤 황 선생은 마치 자기가 그날 환자 옆에서 직접 진료를 한 것처럼 진료 기록지를 다시 작성했다.

최 선생은 이야기를 모두 마치고 고개를 푹 숙였다. 나는 아이의 부모가 이 사실을 아느냐고 물었다. 최 선생은 부모들도 워낙 경황이 없던 상황이라 모를 거라고 대답했다. 나는 말문이 막혔다. 병원이라는 곳에서 도저히 있을 수 없는, 있어서는 안 되는 일이 일어난 것이다.

어느새 날이 밝았다. 나머지 외과 레지던트들이 회진 준비를 하기 위해 속속 의국으로 모여들었다. 그리고 자연스레 지난밤 있었던 일을 외과 레지던트 7명 모두가 알게 되었다. 그들은 나에게 치프로서 과장에게 정식으로 항의해달라고 부탁했다. 황 선생에게 합당한 징계가 이루어져야 하겠지만, 현실적으로 어렵다면 최소한 레지던트가 도와야 하는 스탭에서 제외돼야 한다는 게 그 요지였다.

나는 그들에게 알겠다고 대답했다. 그리고 나는 거기에 한 가지를 더 추가했다. 나는 과장이 지난밤 외상 외과 전문의가 없이 진료가 이루어졌다는 점을 아이 부모에게 알려야 한다고 말했다. 레지던트들도 고개를 끄덕였다. 단 한 사람, 최 선생만 아무 말 없이 홀로 고개를 숙이고 있었다. 아이가 죽은 것에 대한 죄책감을 떨치지 못한 듯했다. 나는 최 선생의 어깨에 손을 올리며 말했다.

"최 선생님, 자책하지 마세요. 선생님은 그 자리에서 할 일을 다 했습니다."

나는 고개를 들고 레지던트들을 바라보며 말했다.

"제가 과장님과 이야기를 나눠볼 테니 일단 각자 할 일들 하고 있어봅시다."

여덟 시가 되자 스탭들도 오전 회의를 위해 의국으로 들어왔다. 외과 과장이 가장 중앙의 상석에 앉고 나머지 스탭들이 그 옆으로 서열순에 따라 앉았다. 이어서 레지던트들이 좌우로 도열해서 앉았다. 나는 치프로서 입퇴원 환자 현황 발표를 시작했다. 과장은 아직 어젯밤 일의 진상을 모르고 있는 듯했다. 여자아이의 사망 사실을 입퇴원 통계의 일부로 보고했지만, 과장은 여전히 별다른 반응이 없었다. 한편, 그 옆에서 황 선생은 좌우로 눈알을 굴리면서 이따금 최 선생의 표정을 살폈다. 그러다가 나와 눈이 마주쳤는데, 순간 흠칫하더니 시선을 다른 데로 돌렸다.

나는 고민 끝에 회의 중에 이 문제를 꺼내지 않기로 했다. 과장이 바로 옆에 스탭들을 앉혀두고 그들을 신경 쓰지 않을 수 없겠다는 생각이 들었기 때문이다. 그 대신 회진을 마치고 과장과 단둘이 있을 때 담판을 짓기로 마음먹었다. 잠시 후 나는 과장의 병동 회진을 따라나섰다. 마지막 병실의 환자까지 살펴보고 나왔을 때였다. 나는 자기 방으로 돌아가려는 과장을 멈춰 세웠다.

"과장님, 잠깐 드릴 말씀이 있습니다."

"뭔데?"

"조용한 데서 따로 말씀드려야 할 것 같습니다."

그날은 마침 과장이 오전에 외래 진료를 보는 요일이라 회진 후에 곧장 수술실로 향하지 않아도 되었다. 과장은 9시에 오전 외래에 내려가야 하니 그 전에 자기 방으로 오라고 했다. 나는 다른 레지던트에게 회진 뒷정리를 부탁하고 곧바로 연구동에 있는 과장실로 향했다. 가는 동안 과장에게 할 말을 머릿속으로 몇 번이고 반복하며 연습했다. 과장실 문 앞에 도착한 다음 숨을 깊게 들이마시고 문을 두드렸다. 안쪽에서 과장이 들어오라고 하는 소리가 들렸다.

과장은 외과 의사치고 체격이 다소 왜소했다. 그 때문인지 성격에는 항상 날이 서 있었다. 병원 내에서는 불같이 화를 내는 걸로도 유명했다. 특히 레지던트들이 주로 그 감정 폭발의 표적이됐는데, 수술실에 함께 보조하러 들어간 레지던트가 조금만 버벅대도 벼락같은 호통이 이어졌다. 레지던트들은 과장의 수술 보조를 마치고 나올 때면 과장이 수술장에서 몇 번이나 폭발했는지를 무용담처럼 늘어놓곤 했다.

하지만 그에게는 또 다른 면도 있었다. 과장은 레지던트들에게 수련을 마치고 나가더라도 평생 써먹을 수 있는 기술를 배우라고 틈날 때마다 강조했다. 자기가 레지던트로 있을 때 그런 게무척 배우고 싶었는데 기회가 없었다면서, 자길 안 도와줘도 되니 뒤에 와서 지켜보다가 궁금한 것도 좀 묻고 그러라고 귀에 못이 박힐 정도로 이야기했다. 그는 자신을 거쳐간 제자가 언젠가홀로 설 수 있기를 바라는 진정한 스승이었다. 그는 레지던트들에게 "고생 많지?" 같은 따뜻한 말은 단 한 번도 한 적이 없었지만, 힘들어 보이는 레지던트를 말없이 불러내 자기 돈으로 고기를 사주기도 했다. 사람의 진심은 말보다 행동으로 알 수 있다고, 과장에게는 레지던트들을 향한 따뜻한 애정이 있었다.

나는 과장을 믿고 지난밤에 있었던 일들을 자세히 전했다. 황 선생이 병원에 없었으면서 무리하게 자기 앞으로 환자를 입원시켰다가 결국 환자가 사망에 이르렀고, 나중에는 진료 기록도 조작했으며, 무엇보다도 아이의 부모가 이러한 상황을 모르고 있다는 사실을 알렸다. 이어서 나는 과장에게 두 가지 조치가 이루어지기를 바란다고 말했다. 첫째, 외상 외과 전문의 없이 진료가 이루어졌다는 사실을 아이 부모에게 사실대로 알릴 것. 둘째, 황 선생에게 책임을 묻고 레지던트들의 업무에서 황 선생을 배제할 것. 내 말을 듣고 있던 과장의 미간에 힘이 들어갔다. 나는 그 표정의 의미가 무엇일지 생각해보았다.

적어도 내가 아는 과장은 법적인 책임이 무서워서 아이 부모에게 사실을 숨길 사람은 아니었다. 내가 인턴이던 시절, 그는 레지던트의 잘못으로 발생한 의료 사고에 자기가 직접 나서서 온전히 그 책임을 떠안은 적이 있었다. 굳이 그러지 않아도 되는데도, 자기가 지시한 것이라며 말없이 검찰 조사를 받으러 가는 모습을 나는 먼발치에서 똑똑히 지켜보았다. 한 사람의 됨됨이는 그의 과거를 보면 알 수 있다고, 과장은 환자에 대한 책임을 회피하기 위해 고민하는 게 아니었다.

사실 짐작 가는 것은 따로 있었다. 바로 병원 내의 정치적 역학 관계였다. 내가 알기로 과장에게는 한 가지 굳은 신념이 있었다. 외상 센터의 운영은 공공병원이 안고 가야 할 사명이자 과업이라는 믿음이었다. 하지만 이 병원의 모든 의사들이 과장처럼 생각하지는 않았다. 외상 센터를 반대하는 쪽에서는 거기에 들어 갈 돈과 인력을 더 유용한 곳에 활용하는 게 낫다며 사사건건 맞서곤 했다. 이 때문에 외상 센터가 출범한 이래로 병원 내에서는 그 필요성을 두고 의견 대립이 끊이지 않았다. 이런 상황에서 과장은 병원 내 외상 센터 반대파에게 먹잇감을 던져주고 싶지는 않았을 것이다.

한편, 또 다른 무시하지 못할 현실이 있었다. 황 선생이 이른바 원장 라인이라는 점이다. 우리나라 공공병원이란 곳이 그렇다. 당시 집권 정부에서 내려보낸 낙하산 인사가 원장 자리를 맡는 게 이 병원의 불문율이었다. 정부에서 민간병원의 입장과 대립하는 정책을 추진하고 싶을 때, 적어도 공공병원만큼은 뜻대로 움직일 수 있게 하기 위해서다. 그리고 황 선생은 그 원장이 데려다 앉힌 심복이었다. 아무리 직제상 외과 과장이 위라고 해도 쉽게 건드릴 수 있는 상대가 아니었다.

과장은 내 말이 끝난 지 한참이 지나도록 침묵을 이어가고 있었다. 말없이 눈을 감고 있는 그의 뒤로 손바닥만 한 액자에 담긴 사진 하나가 눈에 띄었다. 휴가 때 찍었을 법한 그 사진에는 과장과 그의 아내 그리고 그 자녀들이 해맑게 웃고 있었다. 그도 자신이 소중하게 여기는 것들을 지키기 위해 타협할 수밖에 없는 부분이 있었던 것이다. 하지만 나 또한 뜻을 굽힐 수 없었다. 과장의 침묵이 길어지자 결국 내가 먼저 입을 열었다.

"과장님, 아이 부모도 이 사실을 알아야 합니다. 과장님이 그 아이 부모라고 생각해보세요."

과장은 여전히 아무 말도 없었다. 나는 이어서 말했다.

"그리고, 레지던트 업무에서 황 선생을 배제해주십시오."

내가 과장의 아픈 부분을 꼬집은 것일까. 과장은 그 말을 듣자마자 호통치듯 말했다.

"인마, 레지던트는 의사 아니냐. 레지던트가 환자를 볼 수도 있는 거지!"

나는 즉각 반격에 나섰다.

"과장님, 그렇게 말씀하시면 안 됩니다. 며칠 전에 이국종 교수님이 저희한테 뭐라고 하셨습니까. 외상 센터가 제대로 돌아가려면 훈련된 외상 외과 전문의들이 직접 나서서 환자를 봐야 한다고 하지 않았습니까. 그때 과장님도 고개를 끄덕이셨잖아요! 그런데 레지던트는 의사 아니냐고요? 그게 지금 하실 말씀입니까!"

나는 흥분이 가시지 않은 채 계속 말을 이었다.

"과장님, 황 선생은 직접 환자를 볼 수 없는 상황인 줄 알면서 자기 실적을 위해 입원을 강행했습니다. 그 결과 환자가 죽었단 말입니다. 그뿐입니까. 나중에는 진료 기록도 조작했습니다."

내가 격분에 차서 말을 쏟아내자 오히려 과장이 나를 진정시

켰다.

"알겠으니까 좀 있어봐. 일단 돌아가 있어. 나중에 다시 이야기
하자."

생각해보니 그 말도 맞았다. 나는 과장이 이 상황을 지금 처음
접했다는 걸 잊고 있었다. 답을 하려면 생각할 시간도 필요할 터
였다. 나는 격앙된 감정을 가라앉히고 자리에서 일어났다. 과장
을 한 번 더 믿어보기로 하고 고개를 숙여 인사한 후 방을 나섰
다. 의국으로 돌아가니 레지던트들이 모여 있었다. 그들 중 누가
먼저랄 것도 없이 나에게 물었다.

"신 선생님, 과장님이 뭐라고 합니까?"

"일단 어젯밤에 있었던 일을 있는 그대로 알렸고요. 과장님에
게 레지던트 업무에서 황 선생을 배제해달라고 했습니다. 주치의
없이 진료가 이루어졌다는 것도 아이 부모에게 사실대로 전하라
고 했고요."

내 말을 들은 레지던트들이 일제히 반색했다. 그리고 나는 이
어서 말했다.

"과장님도 생각할 시간이 필요하실 겁니다. 일단 어떤 답을 주
시는지 차분히 기다려봅시다."

시간이 흘러 오후 회의 시간이 돌아왔다. 과장의 얼굴은 아침
보다 한결 어두워져 있었다. 그 옆에 앉아 있는 황 선생도 입술을

굳게 다물고 있었다. 평소의 능청스러운 웃음기는 온데간데없었다. 레지던트들도 말 한마디 없이 무표정하게 자기 앞을 응시했다. 외과 의국에는 그 어느 때보다 팽팽한 긴장감이 감돌았다.

가까스로 오후 회의가 끝난 뒤, 나는 과장을 따라 회진을 나섰다. 과장은 회진 내내 무뚝뚝하게 병실 환자에 대한 이야기만 할 뿐, 내가 아침에 물어본 것에 대해서는 단 한마디도 언급하지 않았다. 결국 마지막 병실을 나오면서 내가 먼저 과장에게 물었다.

"과장님, 생각 좀 해보셨습니까."

"승건아, 이번 일은 좀 넘어가자."

과장은 나를 타이르듯 말했지만, 그 말을 하는 자기 자신도 부끄러운 듯 시선은 다른 곳을 향하고 있었다. 나는 곧바로 맞받아쳤다.

"과장님, 그럴 수는 없습니다. 아까도 말씀드렸지만……."

"야! 그럼 마음대로 해!"

과장이 이제는 자기도 모르겠다는 듯 돌연 태도를 바꾸어 고함을 쳤다. 지나가던 사람들의 시선이 이쪽을 향했다. 과장은 그 말 한마디를 남기고 도망치듯 자리를 떠났다. 나는 과장이 떠난 후에도 한참 동안 그 자리에 멈춰 서 있었다. 과장이 다시 돌아와서 다른 이야기를 해줄 거라는 일말의 기대가 있었기 때문이다. 하지만 과장은 끝내 그러지 않았다. 나는 할 수 없이 레지던트들이 기다리고 있는 의국으로 발길을 돌렸다.

비로소 나는 답을 구했다.
환자와 보호자에 대한 양심을 지키는 것이
'외과 전문의'라고 쓰여 있는
종이 쪼가리를 받아 드는 것보다 중요했다.

훗날 이 시간을 돌아보았을 때
나 스스로 떳떳할 수 있다는 게 무엇보다도 중요했다.

나의 길을
간다는 것

　　　의국에는 레지던트들이 회진 정리를 하기 위해 모
여 있었다. 다들 나에게 어떻게 되었냐고 물었다. 나는 사실을 있
는 그대로 전할 수밖에 없었다. 과장에게 문제를 해결할 의지도,
능력도 없는 것 같다고 대답했다. 그때 최 선생과 같은 연차인 강
선생이 말했다.

　"언론에 제보할까요? 제가 알고 지내는 기자들이 좀 있거든요.
걔네들에게 부탁하면 이거 기사화하는 거는 일도 아닐 거 같은데
요?"

　나는 그 말을 듣자마자 강 선생을 노려보며 말했다.

　"강 선생, 우리 외과 의사로서 품위는 잃지 맙시다."

그러자 강 선생이 반박했다.

"황 선생의 행동은 품위가 있는 거고요?"

내가 대답했다.

"그래서 그 모습이 보기 좋았습니까? 선생님은 황 선생 같은 사람이 되고 싶습니까? 만약 우리가 언론플레이를 한다면 우리도 황 선생과 다를 바 하나 없는 인간이 되는 겁니다. 우리는 그러지 맙시다."

하지만 나도 뾰족한 수가 있는 건 아니었다. 과장이 저렇게 나오는데 레지던트들이 할 수 있는 게 뭐가 있겠는가. 그 누구도 쉽게 답을 내놓지 못할 상황 앞에서 서로가 서로의 얼굴만 번갈아 쳐다보고 있었다.

그럼에도 레지던트들은 여기서 그냥 물러설 수는 없다는 데 하나같이 공감하고 있었다. 만약 여기서 레지던트들이 뒤로 물러선다면 앞으로 황 선생이 어떤 행동을 하더라도 그것을 문제 삼지 않겠다는 선례를 남기는 것이기 때문이다. 무엇보다 아이 부모에게 못할 짓이었다. 명색이 사람을 살린다는 의사가 그런 일을 알고 모른 척할 수는 없었다. 그렇다면 결국 남은 길은 하나뿐이었다. 나는 담담한 심정으로 입을 열었다.

"우리, 잠깐 나갔다 옵시다."

'나갔다 온다'는 파업을 뜻하는 레지던트들의 은어다. 파업은 레지던트들이 취할 수 있는 거의 유일한 저항의 수단이다. 레지던트는 수련, 즉 배움의 과정이라는 이유로 낮은 급여를 받으면서 병원 곳곳의 온갖 궂은일을 도맡는다. 문제는 상당수 스탭을 비롯한 소위 윗사람들이 레지던트를 자기 뜻대로 부리는 게 자신들에게 주어진 마땅한 권리라고 여긴다는 데 있다. 파업은 이런 윗사람들에게 당신들이 누리고 있는 편의가 사실은 당연한 것이 아니라 레지던트들의 묵인 덕분이었음을 깨닫게 하는 일종의 충격요법이 될 수 있다. 레지던트가 이제껏 묵묵히 해오던 일들을 내려놓고 나가면 그것들은 결국 같은 의사인 스탭들이 거둘 수밖에 없기 때문이다.

하지만 파업에는 레지던트 본인들에게도 적잖은 부담이 따른다. 레지던트가 병원에서 힘든 시간을 버티는 가장 큰 이유는 전문의 자격 취득 때문이다. 그런데 파업이 뜻대로 되지 않고, 최악의 경우 병원을 그만두는 상황으로 이어진다면 지난 수년간 힘들게 버텨온 시간들이 모두 물거품이 될 수도 있다.

특히 파업은 말년 차인 치프에게 더욱 큰 부담이 된다. 일단 치프는 저연차들보다 병원에서 보낸 시간이 더 길다. 이는 곧 잃을 게 많다는 뜻이다. 또한, 치프는 곧 레지던트를 마치고 전문의 시험을 쳐야 한다. 그런데 전문의 시험에 응시하려면 수련 과정에서 얻은 임상 경험을 정리한 논문이 있어야 하고, 이 논문을 쓰기 위해서는 스탭의 지도가 필요하다. 괜히 스탭에게 밉보였다가 4년간 레지던트로 고생해놓고 아무것도 손에 쥐지 못한 채 병원을 나올 수도 있다는 뜻이다.

그래서 레지던트 저연차 때 과중한 업무량을 호소하며 병원을 뛰쳐나갔더라도 고연차가 되면 입장이 180도 바뀐다. 설사 저연차가 업무를 내려놓고 병원 밖으로 도망가더라도 치프가 스탭을 대신하여 이들을 잘 구슬려서 다시 병원으로 데려오는 게 이 세계의 흔한 레퍼토리다.

그런 점에서 이번 파업은 말 그대로 이례적이었다. 단지 과중한 업무에서 벗어나기 위한 목적이 아니란 점에서, 그리고 치프가 나서서 파업을 이끈다는 점에서, 이전의 그 어떤 파업들과도 완전히 다른 것이었다. 요컨대 이 파업에는 환자의 부모에게 진실을 알리고, 부도덕한 스탭으로부터 레지던트 자신을 지킨다는 분명한 명분이 있었다.

우리는 컴퓨터 하나에 둘러앉아서 과장에게 전할 내용을 문서로 정리했다. '최근의 환자 사망에 대한 외과 레지던트들의 입장' 이라는 제목의 문서에 레지던트들의 핵심 요구 사항, 즉 과장이 사망한 환자의 보호자에게 그날 있었던 일을 사실대로 전할 것과 황 선생을 레지던트가 보조해야 할 스탭에서 제외하는 것, 이렇게 두 가지를 담았다. 그 두 가지가 해결돼야 외과 레지던트 전원이 다시 병원에 돌아오겠다는 내용이 이어졌다.

파업 후 복귀에 이르기까지 스탭 측과의 협상은 치프인 내가 전담하기로 했다. 나머지 레지던트들은 과장을 포함한 모든 스탭들의 전화를 일체 받지 않기로 했다. 스탭들이 레지던트들을 개별적으로 접촉해서 병원에 돌아오도록 설득할 가능성을 염두에 둔 조치였다.

나는 파업을 개시하기에 앞서 각 병동별로 똘똘한 간호사들을 하나씩 지정해 파업 중에 일어나는 상황을 보고받기로 했다. 간호사들은 레지던트들이 자리를 비운 사이에 스탭들이 야간 당직이나 수술 환자의 상처 소독처럼 레지던트가 해왔던 업무를 제대로 수행하고 있는지 스마트폰 메신저를 통해 수시로 알려주기로 했다.

한편, 파업을 하는 동안 레지던트들이 순번을 정해서 병원 근처에 대기하도록 했다. 혹시라도 스탭들이 레지던트들의 빈자리를 제대로 메꾸지 못해서 환자들에게 피해가 가는 상황이 벌어진다면 나는 즉시 그 레지던트들을 병원으로 복귀시킬 생각이었다. 물론 스탭들은 이와 같은 사실들을 알 리 없었다.

다음 날 아침, 나는 당직 레지던트를 집으로 돌려보낸 후 혼자서 과장실 앞으로 향했다. 때가 되자 자기 방으로 출근하는 과장이 나타났다. 과장은 문 앞에서 기다리는 나를 발견하고 약간 주춤하는 듯했다. 나는 과장 앞으로 다가가 최근 일어난 환자 사망에 대해 레지던트들의 입장이라며, 어제 레지던트들과 함께 정리한 그 종이를 건넸다. 과장은 말없이 종이를 펴 들고 처음부터 끝까지 죽 읽어 내려갔다. 그리고 종이를 가지런히 반으로 접어 한 손에 쥐고 나에게 말했다.

"나갔다 온다는 거지? 알겠다."

나는 과장에게 정중히 인사를 하고 병원 건물을 나왔다. 이제부터 완전히 새로운 국면으로 접어들었다. 사람이 살다 보면 승부수를 띄워야 할 때가 있다. 그리고 나에겐 지금이 바로 그런 순간이었다. 나는 병원 정문 앞에서 공항으로 향하는 리무진 버스에 올라탔다. 그로부터 몇 시간 후, 나는 인천공항을 이륙하는 비행기에 몸을 싣고 한국을 떠났다. 목적지는 대학원 때 학회 때문에 몇 번 다녀온 적이 있던 미국 뉴욕이었다.

내가 그 먼 미국까지 간 데에는 두 가지 목적이 있었다. 먼저, 나는 레지던트들에게 파업에 임하는 진정성을 보여주려고 했다. 나는 다른 레지던트들이 내색은 안 해도 스탭과의 협상 대표로 나선 내가 끝까지 버틸 수 있을지 의구심을 갖고 있다는 걸 모르지 않았다. 그들은 내가 논문을 앞세운 스탭들의 회유에 곧 무릎을 꿇지는 않을지 걱정하고 있을 게 분명했다. 이제껏 내 앞의 치프들이 보여준 모습이 정확히 그랬기 때문이다.

나는 파업에서 원하는 결과를 얻어내기 위해서는 과장과의 협상보다도 레지던트들의 신뢰를 얻는 게 먼저라고 생각했다. 스스로 이길 수 없다고 믿는 싸움은 이미 진 것이나 다름없기 때문이다. 그래서 내가 설득당할 상황 자체를 스스로 없애버리는 배수진을 친 것이다. 이를 통해 내가 레지던트들에게 전하고자 하는 메시지는 명확했다.

'너희가 나를 믿는다면 나는 결코 그 믿음을 저버리지 않겠다.'

한편, 나는 파업의 쟁점 자체를 옮기려고 했다. 나는 알고 있었다. 레지던트들의 파업을 마주한 스탭들의 가장 큰 관심사는 안타깝게 죽은 아이도, 그 부모도, 레지던트의 수련 환경도 아니었다. 그들의 관심사는 오로지 '레지던트가 돌아올지 말지'였다. 레지던트가 없으면 그들의 몸이 고달플 것이기 때문이다. 그들은 과장이 레지던트 쪽 협상 파트너인 나를 협상 테이블로 끌어낸 후 전문의 시험의 선결 요건인 논문으로 위협하여 '레지던트가 돌아오게 하는' 그림을 그리고 있을 게 분명했다.

그래서 나는 그 협상 테이블을 뒤집어버렸다. 나에게 전화를 걸었을 때 과장은 "해외 로밍 중인 분에게 국제전화 요금이 부과되며 현지 시간은…"이라는 통화 연결음을 듣게 될 것이다. 그리고 그 소식이 퍼지면 스탭들도 과장이 '레지던트가 돌아올지 말지'에 대해 아무것도 할 수 없다는 걸 깨닫게 될 것이다. 그러면 그들은 자연스레 다음 질문, '레지던트의 요구가 무엇인지'를 두고 머리를 맞댈 것이다. 그들도 비로소 환자 보호자에게 진실을 말하는 걸 고민한다는 뜻이다.

또한, 그들은 상황 통제력을 잃은 과장 대신 황 선생에게 파업의 해결을 요구할 것이다. 과장을 앞세워 대리전을 치르고 있던 황 선생이 드디어 모습을 드러내는 것이다. 요컨대, 이 파업의 쟁점을 '레지던트가 돌아올지 말지'에서 '레지던트의 요구가 무엇인지'로 옮기는 게 내가 뉴욕으로 떠난 두 번째 목적이었다.

외과 레지던트들이 일손을 내려놓고 병원을 나온 다음 날, 나는 뉴욕에 도착했다. 급하게 구한 방 한 칸짜리 허름한 숙소에 짐을 풀고, 삐걱거리는 침대에 그대로 몸을 던졌다. 잠시나마 모든 일을 잊고 혼자서 조용히 있고 싶었다. 낮과 밤이 바뀐 탓인지 주체할 수 없는 피곤이 몰려왔고 나는 곧 깊은 잠에 빠져들었다.

다음 날 눈을 떠보니 시간은 벌써 정오를 향해 가고 있었다. 애초에 정해진 일정이 있던 것은 아니었지만, 그래도 지구 반대편까지 와서 방구석에만 있을 수는 없었다. 시간도 많겠다 이곳 사람들은 어떻게 사는지 구경이나 해볼 생각으로 무작정 거리로 나섰다. 마침 숙소 앞에 빵집이 보였다. 그곳에서 방금 내린 커피와 베이글로 허기를 채우고 다시 발걸음을 옮겼다.

그렇게 한참을 걷다 보니 녹음이 우거진 센트럴파크가 눈앞에 나타났다. 따뜻한 햇살 아래 공놀이를 하는 아이들, 잔디밭에서 강아지를 산책시키는 노부부, 자전거를 타고 다니는 연인들이 더없이 평화로운 풍경을 만들어내고 있었다. 불현듯 그들의 행복한 모습과 내가 처한 상황이 대비되었다.

병원을 떠나면서 불안한 마음이 없었다면 거짓말이다. 인턴으로 1년, 레지던트로 4년, 갖은 고생을 하며 버텨온 시간이 이번 파업으로 물거품이 될 수도 있다. 적당히 타협하고 모른 척 눈 감는 게 조직 사회에서는 더 현명한 처신일 수도 있다. 하지만 죽은 아이 부모의 마음을 생각하면 도저히 그럴 수 없었다.

어쩌면 그것은 죽은 아이와 그 부모에 대한 가여움 때문만은 아니었다. 아주 오래전, 심장 수술을 앞두고 의사들에게 운명을 내맡겼던 나 자신의 기억과도 맞닿아 있었다. 의사에게 모든 것을 맡긴 환자의 처지가 어떤 것인지 나는 누구보다 잘 '알고' 있었다. '안다'는 것에는 그에 상응하는 행동의 책임이 따른다. 나는 의사만 바라보고 찾아온 이들의 믿음을 저버린 이 상황을 도저히 묵과할 수 없었다.

하지만 여전히 수련 과정을 무탈히 마치고 전문의가 되고 싶은 미련도 있었다. 미련은 걱정으로 이어졌다. 내가 타지에 나와 있는 사이에 레지던트들이 복귀해버린다면 나만 의국에서 내쳐질 수도 있었다. 스탭들로서는 레지던트들을 제압하기에 파업 주동자의 비극적 말로를 보여주는 것만큼 좋은 기회는 없을 테니 말이다. 설마 그럴 일은 없을 것이라고 생각하면서도, 또 사람 일은 모른다는 불안감이 밀려왔다. 이래저래 복잡한 마음을 추스르며 또 다른 곳으로 발걸음을 옮겼다.

걷다 보니 저 멀리에 웅장한 석조 건물이 나타났다. 센트럴파크 동쪽에 자리 잡은 메트로폴리탄 미술 박물관이었다. 워낙에 박물관 구경을 좋아하는 터라 잘되었다 싶어 그 안으로 들어섰다. 거기에는 고대 이집트부터 중세 유럽을 거쳐 근대에 이르기까지, 인류가 남긴 진귀한 돌조각과 그림 들이 전시되어 있었다. 그것들은 한때 땅과 바다를 지배했던 왕과 시대를 뛰어넘은 위대한 천재 들이 세상에 남기고 간 흔적이었다. 그야말로 동서고금의 수많은 보물들이 각기 다른 크기의 방마다 끝도 없이 채워져 있었다. 그때 갑자기 어떤 생각이 머리를 스쳤다. '이것들이 지나온 아득한 시간에 비한다면 내가 수련하며 보낸 몇 년은 얼마나 티끌 같은 것인가.' 그렇게 생각하고 나니 신기하게도 지난 5년의 시간이 더는 길게 느껴지지 않았다.

아무런 계획 없이 이곳저곳을 돌아다니며 며칠을 보냈다. 그러다가 하루는 뉴욕 현대미술관을 찾았다. 뉴욕 현대미술관은 미술품을 전시한다는 점 외에는 모든 면에서 메트로폴리탄 박물관과 정반대의 성격을 띤 공간이었다. 메트로폴리탄 박물관이 전통을 보존한 곳이라면, 그로부터 차로 불과 10분도 걸리지 않는 뉴욕 현대미술관은 바로 그 전통을 파괴하는 곳이라고 할 만했다. 빈센트 반 고흐부터 파블로 피카소를 거쳐 앤디 워홀에 이르기까지, 한때 세상 사람들로부터 이단아로 불리던 이들의 창조물들이 그곳에 모여 있었다. 그들의 작품 하나하나마다 남들과 다른 길을 가고자 분투했던 이야기가 담겨 있었다. 그중 어떤 이들은 세상의 상식에 맞서느라 온갖 멸시와 위협을 감수해야 했다. '네가 옳다고 믿는 길을 가라.' 가만히 눈을 감으니 그들이 속삭이는 목소리가 들리는 듯했다.

시간 가는 줄 모르고 있다 보니 곧 미술관 퇴장 시간이라는 방송이 흘러나왔다. 출구로 향하는 사람들을 따라 건물 밖으로 나왔을 때는 이미 날이 어둑해지고 있었다. 나는 몇 블록을 걸어서 타임스 스퀘어로 향했다. 그곳에는 전 세계에서 모인 수많은 사람들이 길거리를 오가고 있었다. 잘 빼입은 연인들이 뮤지컬 극장 앞에서 기대에 들떠 줄을 서 있었고, 길 건너편에서는 먼 이국에서 왔을 법한 청년이 푸드트럭에서 음식을 팔고 있었다. 또 한편에서는 한 무리의 흑인들이 자기들이 만든 음악이 담긴 CD라며 지나가는 관광객들에게 들이밀고 있었다. 고개를 들어보니 주위를 둘러싼 건물 위에서는 세계에서 가장 유명한 기업들의 상징들이 번쩍이고 있었다. 그야말로 세상에는 무수한 삶의 방식이 있었다. 레지던트를 거쳐 전문의가 되는 길은 그 수많은 삶의 방식 가운데 한 가지 선택지에 지나지 않았다.

비로소 나는 답을 구했다. 환자와 보호자에 대한 양심을 지키는 것이 '외과 전문의'라고 쓰여 있는 종이 쪼가리를 받아 드는 것보다 중요했다. 훗날 이 시간을 돌아보았을 때 나 스스로 떳떳

할 수 있다는 게 무엇보다도 중요했다. 내가 옳다고 믿는 길을 갈 수 있다면 지난 5년간의 시간은 조금도 아깝지 않았다.

엉켰던 실타래가 풀리는 듯한 기분이었다. 나는 병원으로 돌아가서 과장의 입장을 한 번 더 묻고, 여전히 그의 생각에 변화가 없다면 미련 없이 수련을 그만두기로 결심했다. 마음을 내려놓으니 이제는 아무것도 두려울 게 없었다. 나는 홀가분한 마음으로 다음 날 서울로 돌아가는 비행기표를 예약했다.

인천공항에 도착해서 곧장 병원으로 향했다. 일주일 만에 나는 다시 과장과 마주 보고 앉았다. 나와 과장 사이에는 묘한 긴장감이 감돌았다. 그동안 어떻게 지냈는지 안부라도 물을 법한데, 우리는 한참 동안 서로에게 아무 말도 하지 않았다. 과장은 김이 올라오는 커피를 한 모금 마시고 잔을 내려놓으며 말했다.

"승건아, 나도 너 같은 때가 있었다."

나는 과장이 다음 말을 할 때까지 잠자코 기다렸다.

"아무튼, 이번 일로 나도 생각을 좀 하게 됐다. 결론부터 말하면, 보호자에게는 사실대로 설명했으니 그런 줄 알아라."

과장이 계속 말을 이어갔다.

"그리고, 황 선생에게도 앞으로는 레지던트에게 일을 시키지 말라고 했으니 그런 줄 알아라. 그러니 이제 그만들 하고 들어와라."

과장의 말은 사실이었다. 과장은 레지던트들이 병원을 나가 있는 동안 아이의 부모를 만나 그날 무슨 일이 있었는지 사실대로 설명했다. 그리고 황 선생에게 더는 레지던트에게 일을 맡기지 말도록 지시했다. 그뿐만이 아니었다. 과장이 내 앞에서 자존심 때문인지 말은 안 했지만, 그날 이후 외상 센터에서 외상 외과 전문의가 자리를 비우는 일도 사라졌다.

외과 의국은 빠르게 제자리를 되찾아갔다. 레지던트들은 수술실과 병동을 오가는 쳇바퀴 같은 일상으로 복귀했다. 과장은 예전처럼 수술실에서 레지던트들을 향해 간담이 서늘해질 정도로 고함을 쳤지만, 또 그러다가도 가끔 레지던트들을 불러내 자기 돈으로 고기를 사 먹였다. 나도 다시 매일 아침 커피를 들고 의국으로 출근했다. 다만 이제는 불을 켜기 전에 사람이 없는지 한 번 더 살피는 습관을 들였다. 매월 말 당직 표를 짤 때는 여전히 레지던트들의 볼멘소리들이 터져 나왔다. 그렇게 모든 게 원래대로 돌아가는 듯했다.

그런데 얼마 후 병원 게시판에 뜻밖의 공지가 올라왔다. 외과 과장이 교체되었다는 내용이었다. 그가 외과 과장이 된 지 아직 일 년도 안 되었다는 걸 생각하면 아주 이례적인 인사였다. 하지만 곧 나는 내가 모르고 있던 사실을 알게 되었다. 과장은 그날 밤 외상 센터에서 있었던 일을 접한 후 레지던트들의 입장을 옹호하다가 원장과 큰 마찰을 빚었다. 그러다가 레지던트가 파업에 들어간 다음 날, 과장도 사직서를 제출했다. 이후 다른 스탭들이 나서서 원장과 과장 사이를 중재했고, 과장은 병원이 레지던트의 요구를 수용하는 조건으로 사직서를 거두었다. 그러나 이를 계기로 원장은 과장을 곱지 않은 시선으로 보게 되었고, 결국 과장은 이례적으로 짧은 기간 만에 과장직에서 물러나게 되었다.

그런데 사람 일이란 게 참 재미있는 게, 그걸 꼭 비극으로만 볼 것도 아니었다. 그날 이후 그의 얼굴은 내가 본 그 어느 때보다 밝아졌다. 과장이라는 짐을 훌훌 벗어버리고 외상 센터에서 중증 외상 환자를 돌보는 일에 전념할 수 있게 되었기 때문이다. 그는 그렇게 자기가 옳다고 믿는 길을 걸어가게 되었다.

그리고 또 한 가지 예상치 못한 일이 이어졌다. 얼마 지나지 않아 황 선생은 자기 발로 병원을 나갔다. 그가 병원을 나가면서 말한 표면적인 명분은 외상 센터 의사에 대한 열악한 처우였다. 하지만 레지던트에게 일을 시킬 수 없게 된 것에 대한 불만이 진짜 이유라는 걸 모르는 사람은 없었다. 게다가 그는 병원을 떠나면서 외상 센터의 열악한 처우에 대한 언론 인터뷰를 자처하였는데, 이는 한때 그를 지켜주려고 했던 원장에게마저 묵직한 당혹감을 안겼다.

결국 그해 외과 레지던트들이 벌인 파업의 결과로 과장과 황 선생 모두 자신이 서 있던 자리를 잃었다. 그리고 그것은 둘 다 자신이 옳다고 믿는 길을 택한 결과였다. 하지만 그 둘이 남기고 간 뒷모습은 전혀 다른 것이었다.

그리고 이제, 그들의 모습을 통해 나를 되돌아본다. 나도 그들처럼 스스로 옳다고 믿는 길을 가려고 했다. 그런데 그것은 정말로 옳은 길이었을까. 아니면 그저 나만 옳다고 믿는 길이었을까. 지난 삶을 돌아보며 그 순간순간마다 내가 어떤 뒷모습을 남기고 있었을지 되돌아본다. 그러자 그때는 미처 느끼지 못했던 아찔함이 엄습해온다. 그리고 그 숱한 순간들을 큰 탈 없이 지나왔음에 감사함도 느낀다. 역시 남에 대해서 말하는 건 쉽지만, 나 자신을 돌아보는 건 참으로 어렵다.

Epilogue

인생은
스스로 생각하는 만큼 변한다

그날 이후, 나는 무사히 전문의 시험을 치르고 외과 전문의가 되었다. 파업을 하면서 맞섰던 전임 외과 과장이 기꺼이 나의 논문을 지도해준 덕분이다. 병원을 나온 뒤엔 공무원이 되었고, 지금은 해운대구 보건소의 건강증진과장으로 일하고 있다.

주변 사람들은 묻는다. 왜 돈 잘 버는 의사를 마다하고 박봉의 공무원이 되었냐고. 지금까지는 그런 질문을 받아도 대충 얼버무렸다. 하지만 이제는 그 진짜 이유를 밝혀도 좋을 때가 된 것 같다. 내가 공직의 길을 택한 것은 군대에 갈 수 없었기 때문이다.

나는 좋은 나라에서 태어난 덕분에 목숨을 건졌다. 만약 내가 이 나라에서 태어나지 않았다면 과연 선천성 심장병을 갖고 태어나 이렇게 살아갈 수 있었을까. 아마 쉽지 않았을 것이다. 그래서 내가 나고 자란 이 나라에 무언가 보탬이 되고 싶었다. 젊은 시절의 나에게 그것은 군 입대였다. 내 또래의 남자들처럼 병역의 의무를 다하고 싶었다. 하지만 나는 심장 수술을 받았다는 이유로 군에 입대할 자격을 얻지 못했다. 그것은 항상 나에게 무거운 마음의 짐이었다. 그 마음의 짐이 나를 공직자의 길로 이끌었다.

그렇게 들어온 공무원 사회에서 뜻밖에 얻은 것도 있다. 요즘 내가 하는 일 중에는 '모바일 헬스케어'라는 이름의 서비스가 있다. 스마트폰과 스마트밴드를 이용해서 만성질환 위험군의 건강을 관리해주는 것이다. 그리고 'ICT 활용 어르신 건강 관리 서비스'라는 것도 준비하고 있다. 비슷한 개념을 노년층의 건강 관리로 확장한 것이다. 최근에는 코로나19 선별진료소를 운영하면서 자가 격리자들을 위한 비대면 진료를 안전하게 하는 방안에 대해서 연구하고 있다.

그렇게 나는 다시 원격의료를 향한 꿈을 다져가고 있다. '건강을 잇는다'는 뜻을 담은 '승건'이란 이름에 새겨진 꿈, 10년 전 열두 명의 직원을 데리고 스타트업을 만들어 도전했으나 현실의 벽 앞에서 내려놓아야만 했던 바로 그 꿈 말이다. 돌아보면 외과 수련과 공직의 길 또한 그 꿈을 향한 여정이었다. 그때 내게 없었던 두 가지, 내가 그토록 간절히 원했던 '임상 경험'과 '체계적 조직'이라는 숙원을 이루어주었으니 말이다.

　　그러고 보니 선천성 심장병을 가진 소년이 처음 병실 창문 너머로 의학도서관을 바라보던 때로부터 참 오랜 시간이 흘렀다. 나도 이제 곧 마흔이다. 운 좋게 건강을 잃지 않고 평균 수명만큼 살게 된다면, 아마도 지금이 딱 인생의 반환점을 돌고 있는 시점일 것이다.

　　사실 내 삶이 책으로 쓸 만한 것인지를 두고 오랫동안 고민했다. 누군가의 삶을 책으로 내기 위해서는 그가 세상에 무언가 기여한 것이 있거나, 적어도 한 가지 분야에 의미 있는 업적을 남긴 것이 있어야 한다는 게 내가 가진 상식이었다. 그에 반해 내가 살아온 삶은 지극히 개인적이었다. 그래서 맨 처음 출판사에서 출간 제의가 왔을 때도 이렇게 개인적인 삶을 가지고 책을 써도 되나 판단이 서질 않았다.

　　고민을 거듭한 끝에, 내 삶의 기록을 손에 잡히는 책 한 권으로 딸아이에게 전할 수 있으리라는 기대로 집필을 시작했다. 책을 쓰기로 결심하게 된 동기마저도 지극히 개인적이다. 그렇게 쓰기 시작한 글들이 어느덧 책 한 권이 되어 세상에 나왔다.

　　대단치는 않았지만, 부끄럽지 않게 살려고 했다. 따뜻해야 할 때와 차가워야 할 때를 분별하려고 했다. 나보다 약한 이들에게는 너그러워지고 싶었고, 강한 이가 부당하게 나오면 단호하게 맞서려고 했다. 환자와 의사, 아들과 아빠, 그리고 직원과 사장이라는 서로 다른 처지와 역할 속에서, 누구에게도 잔인하지 않으려고 했고 그러면서도 비굴하지 않으려고 했다.

내가 살아왔던 방식이 항상 옳았다는 건 아니다. 좋은 경험은 좋은 경험대로, 아쉬웠던 경험은 아쉬웠던 경험대로, 그 기록들이 어떤 식으로든 딸의 삶에 보탬이 되길 바랄 뿐이다. 그런 진심을 담아서 담담하게 글로 옮겼다. 그렇게 지나온 삶에서 기억에 남는 몇몇 사건들을 글로 옮기고 보니 크게 세 가지 주제를 담게 되었다.

첫째, 배우는 삶이다.

누구나 살아가면서 이런저런 문제로 고민한다. 그것은 진로 문제일 때도 있고, 돈 문제가 되기도 하며, 인간관계의 문제로 나타나기도 한다. 나에게는 특히 건강이 가장 큰 숙제였다. 풀리지 않는 고민은 정신적인 스트레스로 이어진다. 이처럼 스트레스를 일으키는 원인들은 제각각 달라 보이지만 본질적으로는 모두 같다. 바로 당면한 문제의 해결 방법을 모른다는 것이다. 그러므로 스트레스를 푸는 가장 근본적인 방법은 모르는 것을 알게 만드는 것이다. 바꾸어 말하면 배움이야말로 가장 확실한 스트레스 해소법이다.

심지어 지금 그럭저럭 잘하고 있더라도, 배움을 통해 한 걸음 더 나아갈 수 있다. 같은 일을 하더라도 더 잘할 수 있는 방법은 얼마든지 있다. 단지 그걸 모르고 지금의 선택이 최선이라고 믿으며 안주할 뿐이다. 최선이라고 생각한 것이 나중에 다시 보면 최선이 아닐 때가 많다.

누구든지 틀릴 수 있다는 점을 받아들이는 것도 배우는 삶에 있어 중요하다. 또래의 친구는 물론이고, 학교의 선생님도 틀릴 수 있다. 성직자라 불리는 이들도 틀릴 수 있고 진료실의 의사들도 틀릴 수 있다. 물론 부모도 틀릴 수 있다.

하지만 남이 틀렸다는 확신이 든다고 하여 항상 충돌할 필요는 없다. 여기에는 세 가지 이유가 있다. 먼저, 자신이 틀렸을 수 있다. 두 번째로, '틀린 것'이라고 생각했던 게 사실은 '다른 것'일 수도 있다. 사람들은 종종 다른 것을 틀린 것으로 받아들인다. 마지막으로, 비판적인 견해의 결과가 반드시 충돌일 필요는 없다. 감정과 대응은 분리되어야 한다는 말이다.

한편, 배우는 삶이란 소유보다는 경험에 더욱 큰 가치를 두는 삶이기도 하다. 돈과 시간을 소유보다 경험을 늘리는 데 쓰는 것이다. 생각해보자. 물건을 사는 즐거움보다 경험을 통한 배움이 더 오래, 그리고 깊이 남는 이유는 무엇일까. 소유에는 배움이 없지만, 경험에는 있기 때문이다.

둘째, 일어서는 삶이다.

살다 보면 뜻대로 되지 않는 일들이 있다. 내가 아픈 채로 태어난 것도 결코 내 뜻이 아니었다. 하지만 불평한다고 달라질 건 아무것도 없었다. 누가 내 인생을 대신 살아줄 것도 아니었다. 그렇다면 기왕 한 번 사는 거 정말 후회 없이 살아보기로 했다. 그러자 정말 놀랍게도 이전에는 보이지 않던 기회의 문들이 하나둘씩 열리기 시작했다.

반면에, 포기야말로 용기 있는 선택일 때가 있다. 포기를 통해 얻은 여유는 더 큰 도약을 위한 디딤돌이 되기도 한다. 그런 포기에는 상당한 결단력과 현실 인식 능력이 필요하다. 우리가 흔히 생각하듯 포기라고 해서 무조건 나약한 게 아니다. 오히려 진정으로 나약한 것은 미련이 남아서 현실을 받아들이지 못하는 우유부단함이다.

때로는 포기조차 답이 되지 않을 정도로 절망적인 순간도 있다. 그럴 때는 미래를 내다보지 말고 차라리 과거를 돌아보는 것도 하나의 방법이다. 멀리 갈 것 없이 딱 1년 전으로 돌아가보라. 그때 지금 벌어지고 있는 일을 예상이라도 했었나. 아니지 않은가. 마찬가지로 1년 후에는 또 어떤 모습일지 아직은 알 수 없다. 한 가지 확실한 건, 삶을 내려놓고 모든 가능성을 끝내버리는 것이 가장 어리석은 선택이라는 사실이다.

셋째, 감사하는 삶이다.

오늘 하루 나는 남들 덕분에 많은 것을 누렸다. 누군가 집을 지어 놓았기에 비바람을 피할 수 있었고, 누군가 열심히 농사를 지은 덕분에 맛있는 식사를 할 수 있었다. 물론 집을 짓고 농사를 지은 사람들도 각자 자기들 삶에 필요한 것들을 얻기 위해 그런 것이겠지만, 여하간 내가 혼자서 감당할 수 없는 것들을 남들이 해결해주었다는 사실은 변하지 않는다. 그것만으로도 감사한 마음을 갖고 살기에 충분한 이유가 된다.

그런가 하면, 내가 남에게 도움을 주고 있다고 생각하는 것조차 어떻게 보는지에 따라서는 내가 감사해야 할 일이 되기도 한다. 나는 한때 의사가 환자를 돕는 직업이라고 생각했다. 하지만 환자 없이는 의사라는 직업 자체가 필요 없다는 것을 생각한다면, 실제로는 의사를 돕는 게 환자라고 할 수도 있다. 얼핏 보아 남에게 베푸는 것처럼 보이는 일도 다른 각도에서 보면 도움을 받는 일이 되는 것이다.

사실, 감사는 그 누구보다 자기 자신을 위한 일이다. 감사하는 삶을 통해 자기 자신이 가장 혜택을 보기 때문이다. 남이 나에게 감사하기를 바라기보다는 내가 남에게 감사하면서 사는 게 정신적으로 훨씬 건강하고 풍요로운 삶을 살 수 있다. 전자는 내가 결정할 수 있는 게 아니지만, 후자는 전적으로 내가 결정할 수 있는 것이다. 남이 결정하는 것보다 내가 주도적으로 결정할 수 있는 것이 많아야 그 인생이 훨씬 즐겁지 않을까. 삶에서 주도적으로 할 수 있는 것 가운데 하나가 바로 감사다.

기쁨, 노여움, 슬픔, 그리고 즐거움까지. 삶의 모든 기복과 혼돈스러운 감정 들은 결국 감사하는 마음으로 모였다. 배우려고 했고, 넘어졌을 때는 다시 일어서려고 했다. 하지만 이제 와서 되돌아보니 그저 감사해야 할 기억들만 남았다. 배울 수 있어서 감사했고, 일어설 수 있어서 감사했다. 나를 세차게 흔들었던 칼바람의 기억조차, 훗날 돌아보니 나를 한 단계 자라게 한 성장통이었다. 그래서 그 또한 감사하다. 이제야 그것들이 감사할 일들이었다는 것을 알게 되었다.

태어나서 처음으로 나의 인생 전체를 차근차근 글로 써 내려갔다. 그것은 비단 책을 쓰기 위한 목적이 아니라도 나 자신을 돌아보는 소중한 경험이었다. 마지막으로 이제껏 쓴 글들을 컴퓨터 모니터에 띄우고 의자를 반쯤 뒤로 눕힌 채 찬찬히 읽어보았다. 그러자 마치 항공 사진으로만 보인다는 나스카 평원의 그림처럼 하나의 뚜렷하고 근사한 삶의 명제가 모습을 드러냈다. 그것은 바로 '인생은 스스로 생각하는 만큼 변한다'는 것이다.

배우려고 하면 얼마든지 배울 것이 널린 게 우리 인생이다. 일어서려고 하면 아무리 절망적인 상황에서도 일어설 수 있는 게 우리 인생이다. 감사하려고만 하면 매 순간 감사할 수 있는 게 우리 인생이다. 이 책을 통해 그 세 가지만이라도 딸아이에게 온전히 전할 수 있다면 나는 더 바랄 게 없겠다.

나는 이제 여섯 살이 된 딸을 데리고 집에서 가장 가까운 서점을 찾을 생각이다. 일단은 평소와 다름없이 어린이책 코너에서 이 책, 저 책을 뒤적이면서 한두 시간을 보낼 것이다. 그러다가 갑자기 뭔가 떠오른 듯 내가 쓴 책이 놓여 있는 곳으로 아이를 데려갈 것이다.

반듯하게 쌓여 있는 책들 중에서 가장 위에 놓인 걸 하나 집어 들고 이게 내가 널 위해서 쓴 책이라고 말해줄 것이다. 그날 고른 다른 책들과 함께 계산을 마치고 종이가방에 담아 집으로 가져가서, 거실 책장에서 가장 잘 보이는 곳에 꽂아둘 것이다.

훗날 딸아이가 토라져서 나와 말을 하고 싶어 하지 않을 때, 그럼에도 나에게 조언을 구하고 싶을 때, 그리고 세월이 더 흘러서 나와 이야기하고 싶지만 이미 내가 세상에 없을 때, 그럴 때 언제든 책장에서 꺼내 펼쳐볼 수 있도록. 배움과 일어섬, 그리고 감사함에 대해 생각해볼 수 있도록. 인생은 스스로 생각하는 만큼 변한다는 사실을 깨우칠 수 있도록.

그대에게 주어진 삶이 얼마나 가슴 두근거리는 것인지 느낄 수 있도록.

2020년 가을 해운대에서

: 이 책을 읽은 소감을 남겨주세요.

살고 싶어서 더 살리고 싶었다

외과 의사가 된 어느 심장병 환자의 고백

초판 1쇄 발행 2020년 11월 16일 **초판 2쇄 발행** 2021년 6월 7일

지은이 신승건
펴낸이 이승현

편집1 본부장 배민수
에세이1 팀장 한수미
책임편집 박윤
디자인 함지현

펴낸곳 ㈜위즈덤하우스 **출판등록** 2000년 5월 23일 제13-1071호
주소 경기도 고양시 일산동구 정발산로 43-20 센트럴프라자 6층
전화 031)936-4000 **팩스** 031)903-3893 **홈페이지** www.wisdomhouse.co.kr

ⓒ 신승건, 2020

ISBN 979-11-91119-39-8 03810

이 도서의 국립중앙도서관 출판예정도서목록(CIP)은 서지정보유통지원시스템홈페이지(http://seoji.nl.go.kr)와
국가자료종합목록시스템(http://www.nl.go.kr/kolisnet)에서 이용하실 수 있습니다.
(CIP제어번호: CIP2020042758)